来自纳粹地狱的报告

奥斯维辛犹太法医纪述

AUSCHWITZ

A Doctor's Eyewitness Account

［匈］米克洛斯·尼斯利 著

刘建波 译

北京联合出版公司
Beijing United Publishing Co.,Ltd.

目　录

序　一　　　　　　　　　　　　5
序　二　　　　　　　　　　　　31
序　三　　　　　　　　　　　　38
声　明　　　　　　　　　　　　53

01　抵达奥斯维辛　　　　　　　1
02　编号 A8450　　　　　　　　7
03　死人也要站着点名　　　　　11
04　吉卜赛实验营　　　　　　　17
05　一场解剖测试　　　　　　　21
06　接管解剖室　　　　　　　　25
07　浴场和消毒室　　　　　　　36
08　心内氯仿注射　　　　　　　45

09	从颈部射入子弹	55
10	又一批特遣队员"到来"了	58
11	"拜访"焚尸场	61
12	成为法医	67
13	火葬柴堆	71
14	清算捷克营	77
15	"错误"的诊断	81
16	重回下营	85
17	新来三名助手	93
18	别救了，让上尉去吧	95
19	这个孩子必须得死	102
20	小队长的"私人定制"	109
21	杀人根本影响不了我	113
22	游击队送来武器	116
23	档案上的油污	119
24	解剖报告	122
25	寻找我的家人	126
26	逃离C营	133
27	C营的女囚犯	137
28	特遣队的暴动	142
29	暴动平息之后	157
30	"有趣的工作"	163

31	遗忘是最好的结果	173
32	特莱西恩施塔特的犹太人区	176
33	特遣队又要被清算了	179
34	再一次死里逃生	182
35	奥斯维辛将被毁掉	188
36	新来的囚犯	191
37	奥斯维辛的末日审判	194
38	逃离奥斯维辛	199
39	我们自由了！	207

| 后 记 | 210 |
| 出版后记 | 213 |

序 一

这本优秀回忆录的作者是米克洛斯·尼斯利,他于1901年6月17日出生在特兰西瓦尼亚一个名叫萨姆列欧的小镇。当时,特兰西瓦尼亚还属于哈布斯堡帝国治下的匈牙利。在一战即将结束的那段和平时期,萨姆列欧划归罗马尼亚,改名为西姆洛·西尔瓦尼埃。1940年,它又重归匈牙利——当时纳粹德国的盟国。但在二战末期,这座小镇再次回到罗马尼亚。小镇上大部分居民都是罗马尼亚人或匈牙利人,但还有一小群犹太人在此定居,尼斯利一家就属于这个群体。1920年,米克洛斯高中毕业后,就到科洛日瓦(今日罗马尼亚的克卢日-纳波卡)的匈牙利大学城学习医学,随后在德国北部的基尔继续求学。他曾一度因为经济原因放弃学业,但1927年又进入西里西亚的布雷斯劳大学,并于1930年毕业。他长时间在德国学习,所以能够熟练运用德语，后来他也从中受益。

1930年，尼斯利回到家乡瑙吉沃劳德镇（现名奥拉迪亚），开始全科医师的职业生涯。在这之前，他的博士论文就一直专攻法医病理学，主要是从自杀死者的身上寻找死因的相关证据。在接下来的几年时间里，他运用这项技能为警方和法院做了大量尸检，成为远近闻名的法医病理学家。他经常受邀前往罗马尼亚的很多地方进行尸检，识别那些不同寻常或颇有争议的死因，积累了宝贵的经验。1937年尼斯利结婚生下一个女儿后，举家搬到罗马尼亚北部的上维谢乌镇（匈牙利语：费尔索维索）。1939年，他曾去美国访问。当时，卡罗尔国王独裁统治下的罗马尼亚排犹氛围日盛一日，他剥夺了超过三分之一的犹太人的公民身份，并使他们丧失了养家糊口的职业。[1] 尼斯利曾慎重考虑过是否移民他国以躲避灾难，但最终他抱着乐观的态度回到国内，继续从事他的职业。从长远来看，这个决定不明智。1940年9月，纳粹德国和意大利法西斯签署协议，决定将北特兰西瓦尼亚从罗马尼亚划给匈牙利（这两个国家都属于轴心国集团）。迫于德国的压力，匈牙利政府通过了一系列排犹法律。尼斯利先是搬到都拉，后又来到塞宾塔（匈牙利语：扎普隆卡），他再次回到北特兰西瓦尼亚。在做全科医师的同时，他继续以法医病理学家的身份为法院和警察提供帮助。那时，匈牙利半数以上的医生都是犹太人，政府也不得不承认犹太人的服务不可或缺。[2]

然而，随着战事的发展，就像欧洲大陆其他很多地方一样，中东欧所有犹太人的境遇日渐危急。1933年，希特勒的纳粹党掌握了德国政权，随即采取各种措施强迫德国犹太人移居国外。纳粹政权将德国一战战败的责任推给犹太人，把他们视为重建帝国之路上的严重威胁。当时，德国人正在缔造强大的国家，想要再次发动征服欧洲的战争。1939年9月，战争最终爆发。德国先是快速攻占了波兰的大部分地区，1940年又侵入法国和西欧的其它地区。1941年6月，希特勒入侵苏联，占领了波兰的剩余地区、波罗的海诸国、乌克兰、白俄罗斯和俄罗斯的很大一片领土。这些地区犹太人人口众多。当时，在富兰克林·D·罗斯福总统的领导下，美国开始倾全国之力援助英国和苏联对抗纳粹德国。因此，希特勒愈加深信自己那偏执的幻想：世界犹太人正在敌人背后操纵各种阴谋诡计。纳粹德国针对虚构的阴谋论展开强大的宣传攻势。同时，下令入侵苏联，屠杀共产党人和犹太人。这项命令是由海因里希·希姆莱提议的，他时任警察部门和纳粹党卫军的首脑。希姆莱煽动群众不分青红皂白地屠杀犹太人，无论在哪里发现都格杀勿论。从1941年秋天开始，为加快屠杀进程，他们开始使用毒气车大肆杀戮。在1941年至1942年的冬季，纳粹建造了固定的毒气设施。很快，全欧洲的犹太人都被聚集起来，送往集中营。其中，只有极少数身强力壮或具备一定专业技能的犹太人才被当作奴隶劳工，得以苟活一时。[3]

这些设施中最大的一处是位于奥斯维辛（或称作奥许维茨）的综合集中营。当时的奥斯维辛在上西里西亚东部，靠近德国和波兰的边境线，1939年纳粹德国入侵波兰后被并入第三帝国。1940年，纳粹把旧的劳工营改造成集中营，用来关押波兰的反纳粹分子。随后这里迅速扩展，面积增至40平方公里。1941年秋天，纳粹在这片土地上又建造了一处更大的营地。该营地位于距比尔克瑙（又名比尔克瑙）的奥斯维辛老营地2公里处。新集中营的主要目的是大规模灭绝犹太人。从1942年3月开始，纳粹通过火车将欧洲各地的犹太人押送到这里，押送的车厢是用来运牲口的，没有暖气，也不供给吃喝。犹太人被卸下后，纳粹就将他们分为有用的和没用的两部分。那些"没用的人"就被送进特别建造的毒气室中杀害。在战争结束时，至少有110万人死于集中营，也可能是150万人，其中大约90%是犹太人。绝大多数人都在从1942年春天至1943年夏天这一年多的时间内遇害。[4]

在这之后，屠杀的速度大大放缓。但最后还发生了一波大规模的杀戮：屠杀匈牙利犹太人。他们在那之前躲过了希特勒的灭绝性驱逐，仍然存活于世。虽然是德国的盟国，但在前奥匈帝国保守的海军上将米克洛斯·霍尔蒂强力独裁统治下，匈牙利一直抵制希特勒试图将大批犹太人交由德国党卫军"重新处置"的要求。所谓重新处置，就是将犹太人转移到奥斯维辛的毒气室杀掉。霍尔蒂和他的政治盟友认为德国的要求侵犯了匈牙利主权。也许，更重要的是，在 1943 年苏联红军在斯大林格勒重创纳粹德国后，他们日益确信同盟国将最终战胜轴心国，而拒绝交出犹太人有可能赢得同盟国的信任。在苏联红军进入邻国罗马尼亚后，匈牙利背叛德国的迹象日益显露。1944 年 3 月，德国军队占领匈牙利。在推翻霍尔蒂政权后，他们扶植了傀儡政府，并迅速采取各种措施摧毁犹太人在整个国家中的的公民权利和社会地位，为大规模驱逐犹太人做准备。在阿道夫·艾希曼的率领下，一支纳粹党卫军开进匈牙利，着手驱逐行动。艾希曼本人正是"欧洲犹太人最终处置计划"的最高负责人。匈牙利警察把各城镇和村庄的犹太人聚集在一起，关押在营地或犹太人聚居区。从那里，他们再被赶上开往奥斯维辛的火车。匈牙利的犹太人总数近 80 万人，超过 43.7 万人被押往奥斯维辛。在到达奥斯维辛的人群中，只有 10% 的人被认定可以从事体力劳动，其余 90% 的人都被送往毒气室，遭到杀害。[5]

　　米克洛斯·尼斯利就是这幸运的百分之十中的一员。1944 年 5 月 16 日，尼斯利和妻女一同被捕，被送到乌克兰的一个犹太人区。5 月 22 日，他们被装在一列长长的运牲口的火车里，目的地是奥斯维辛。5 月 27 日，他们抵达集中营。[6] 当时尼斯利刚刚 40 岁出头，身体健康、强壮。于是，他和其他几百名囚犯被送往莫洛维茨附近的一个建筑工地干活，IG 法本公司正在那里建造一家生产合成橡胶的工厂。这是一段小插曲，也许为了简化故事内容，他在回忆录中省略了这一部分。5月29日，尼斯利在集中营得到了一个囚犯编号：A8450。经过两星期的检疫隔离后，他开始在"197号水泥班组"工作。然而，党卫军当局很快就发现他是一名病理学家。6月27日，他和另外两名囚犯被转移到奥斯维辛—比尔克瑙集中营，执行医疗任务。最初，他在集中营第12营区的一个用来验尸的小房间工作。在展现了医疗技能后，7月初他被转移到营地外的新住处，邻近铁路和"卸货坡道"。新来的人正是在这里被决定生与死。大楼内有新建的、设施齐全的医疗中心和解剖室。1943年7月以来，这座大楼就被称为"1号火葬场"。这是一处综合设施，里面有一间毒气室、一座用来处理尸体的焚尸炉以及其他各类设施，包括特遣队员的生活区和"特殊小组"犹太人囚犯的生活区。他们的工作就是从毒气室把受害者的尸体搬出来，从尸身上收集党卫军想要的东西（如头发和金牙），然后火化尸体、处理骨灰、打扫毒气室，准备再一次使用。有时，他们也不得不和受害人一同进入毒气室，为安慰他们而一直留到最后一分钟。[7]

特遣队员的人数在不同时期各有不同，大约在400人至1000人之间。1944年夏天，随着匈牙利犹太人的到来，特遣队的规模迅速扩大。特遣队员是从新来的人和主营地长期关押的囚犯中挑选出来的，都是身强力壮的男人。由于他们目击了大规模屠杀，最终都难逃被送进毒气室的命运。第 1 批特遣队员是在 1942 年 12 月 2 日被处理的，1944 年至少实施了四批这样的集体屠杀行动，最后一批的时间是 11 月 26 日。就在苏联红军进攻前夕，特遣队员还曾帮助党卫军销毁了有关集中营使用毒气杀人的证据。尼斯利记录了至少 12 批特遣队员的集体记忆，每一批特遣队员都被后继者杀害，当然其中也包括一些个体死亡。当时，特遣队员生病的概率很高：例如在 1943 年，平均每周就有 10 个特遣队员被党卫军从 1 号火葬场的医务室带走杀掉。对任何一种反抗的处罚都非常残忍：拒绝参与就意味着死亡，在很多情况下还要首先经历野蛮的虐待和折磨。[8]

在相对舒适的生活条件下，特遣队员们比其他囚犯更容易密谋逃跑或策划反抗计划，特别是其中有一些人还曾在法国或波兰参加过抵抗运动。1943 年的大规模越狱计划由于大量党卫军增援部队的到来而夭折。1944 年，在集中营快要走到尽头之时，人们又做了一次尝试，但 20 名特遣队员最终在储藏室中被党卫军用氰化物毒死。10 月 7 日，另外 300 名将要被投入毒气室的囚犯再次进行抵抗，他们向党卫军投掷石块和铁条，随后将 4 号火葬场移为平地。有一些人成功突围，逃到拉杰斯科的农庄。但党卫军发现了隐匿在谷仓里的部分逃亡者，把他们活活烧死。剩下的人则被活捉，最终也难逃一死。集中营的警卫们将机枪对准了火葬场四周的逃亡者。他们杀掉了其中一部分人，而将剩下的人赶到室内。党卫军死了 3 人，伤了至少 12 人。

在接下来的三天，425名特遣队员死于非命。其中包括一些女性，她们曾将炸药从自己工作的地方偷偷带到营地送给特遣队员。不过，他们中最终有人成功地把一些揭露屠杀过程的照片偷带出去，在临死前交给波兰的地下抵抗组织。尼斯利关于这些事件的记录成功地捕捉到一些要点，但由于他对起义缺乏全局的视角，他的记述就不可避免得存在片面性和令人困惑的地方。然而，鉴于事后有关特遣队的争论，这场起义的意义就非同小可。[9]

在奥斯维辛期间，尼斯利和特遣队员住在一起。很长一段时间内，他的书事实上是有关特遣队员存在和工作的唯一记录。他的职责是为特遣队员提供医疗服务，当然也为火葬场的党卫军士兵提供医疗服务。但他的主要职责是病理学家，对集中营的医生约瑟夫·门格勒负责。门格勒对尼斯利的工作能力很赏识，是他在集中营的靠山和保护者。门格勒生于1911年3月16日，在集中营的幸存者口中，他是个声名狼藉的人物。门格勒负责指挥"筛选"囚犯。他站在铁路卸货坡道那里，制服一尘不染，鞋子闪闪发亮，决定着每个人的生死。但尼斯利是以完全不同的身份与之相遇的，他是门格勒的科学助手。因为约瑟夫·门格勒不仅是党卫军的医生，也是一位医学研究者。他在早前完成的人类学博士论文中研究了四个不同种族的下颌构造。这和他本人利益攸关，因为他的两颗牙齿中间有一条自然形成的裂缝，而且他总共少两颗牙齿。他觉得这可能是由遗传原因导致的。[10]

门格勒的这项研究引起了一位德国顶尖科学家的注意，他就是奥特马·冯·傅舒尔男爵。[11] 傅舒尔的职业生涯生动地诠释了在纳粹当政前后医学、种族和政治之间的纠葛。傅舒尔参加了第一次世界大战，曾是一名中尉军官。在大战临近结束的时候，他加入了一个反犹太人的学生兄弟会组织，并曾参与1920年那次臭名昭著的针对假想的共产党叛乱分子的大屠杀。从医学系毕业后，傅舒尔专门研究遗传学，主要对双胞胎进行比较研究。他出版了大量科学著作，顺理成章地获得了法兰克福大学的教授职位。在那里，他牵头成立了一个新研究所，主要研究种族卫生学。从1935年开始，纳粹政权设立了很多同类研究所。1942年，傅舒尔成为威廉二世皇家人类学、遗传学和优生学研究所的负责人。这个坐落于柏林的研究所久负盛名，是威廉二世皇家学会（1945年之后更名为马克斯·普朗克学会）支持的众多科学研究中心之一，拥有充沛的资金。[12] 按照今天的标准来说，这是一家主流科研机构：研究所曾一度接受洛克菲勒基金会的资助。很多国际会议邀请傅舒尔参加，他的研究成果被国际科学出版物广泛转引。然而，傅舒尔在骨子里反对犹太人。他曾在1944年提出："政治上的当务之急是寻求从整体上解决犹太人问题的新方案。"[13]

在傅舒尔履职柏林前很久，他就把门格勒招入麾下。傅舒尔同意指导门格勒的医学博士论文，后者最终于1938

年获得博士学位。门格勒的论文是关于牙齿和上鄂的畸形问题，这令他惴惴不安，经常联想到其他遗传畸型疾病，例如侏儒症。然而，战争爆发后门格勒不得不中断研究。从1937年以来，他就是纳粹党员。1940年，他应征入伍，主动提出为武装党卫军提供医疗服务。到奥斯维辛后，他担任了党卫军一级突击中队队长一职，大概相当于"上尉"（根据职位规定，他只能佩戴银色肩章，而不是尼斯利在回忆录第2页误记的金色肩章）。[14] 在此之前，他曾于1941年至1942年间在苏德战场上服役，因为将两名德国士兵从熊熊燃烧的坦克中拖出来而获得十字勋章，荣立一等功。他随后在战役中负伤，病退回到柏林。在那里，他再一次遇到傅舒尔，并继续完成他的教授资格论文，那是他获得的第二个博士学位，也是谋取德国大学教职的先决条件。作为傅舒尔的学生和助手，门格勒是声名显赫的科学研究团队中不可缺少的一员。但作为一名党卫军官，他也需要奉命行事。1943年5月，他来到奥斯维辛－比尔克瑙集中营，成为吉普赛人营区的一名医疗军官。1944年8月1日，他成为奥斯维辛－比尔克瑙集中营的首席医疗军官。[15]

门格勒依然执着他的论文研究。当看到那些双胞胎时，他很快意识到集中营的工作为他的研究项目提供了非常理想的条件。一般说来，他的导师傅舒尔专攻的双胞胎研究面临很大的困难，那就是双胞胎事实上不会同时离世。但在集中营里，门格勒可以确保双胞胎同时死亡。而且，他通常会把那些从卸货坡道筛选出来的双胞胎安排在营地内的一块特殊区域生活，拿他们做实验。实验很痛苦，有时甚至会致命，而实验的副作用则包括致聋等严重后果。后来，这项研究被证实没有任何意义，因为他事实上无法辨认出一对双胞胎是否完全相同。有的时候，两个年龄和外貌看起来差不多，但实际上是兄弟姐妹的人会被他误认为双胞胎。[16] 门格勒也参与了其他实验，如向傅舒尔提供"眼球异色"（指两只眼睛呈现不同的颜色）囚犯的眼球；只要发现这样的情况，他就马上将其处死。有时，他的囚犯助理会把两只来自不同囚犯的颜色不同的眼球包得紧紧的交给他，但却没有告诉他实情。门格勒还尝试针对坏疽性口炎的多种治疗方法，这种疾病是由严重的营养失调引起的，会造成面部剧痛。他研究的目的只是为了完成报告，而不是治疗患者，即使治疗取得了成功。一旦证明了他的观点，治疗就会被终止。另一项实验是向囚犯的眼球内注射染料，试图改变眼球的颜色。这一过程不但非常疼痛，会造成伤害，而且从科学角度来说也没有意义。[17]

门格勒的实验严重违反了医学和临床研究中普遍接受的道德标准。无论是门格勒，还是他的导师傅舒尔，亦或是人数众多的医学研究者们，他们都未经集中营囚犯的同意而把他们当作实验品。这些人是在纳粹的胁迫、甚至鼓励下才这样做的。相反，他们无视囚犯的人格尊严，根本不把他们看作人类。因此，在利益面前，他们不会因给囚犯带来极度痛苦、甚至死亡而感到良心的谴责。门格勒和其他大多数研究人员有两点区别：首先，他只想进行纯科学研究，而不去实际应用。他不像其他集中营管理者那样对囚犯采取高温高压和冷水浸泡等手段，以模拟战争实效。其次，其他实验常常导致受试者死亡，而门格勒则是故意杀死囚犯，以便在他们的尸体上进行所谓的科学研究。他还会挖出囚犯的眼球，用来进行更深入的研究。[18] 因为他的研究需要与囚犯医生合作开展，而这些人非常害怕因做错事而招来杀身之祸，这就导致他们通过伪造和欺骗来掩盖自己的错误。在通常情况下，自由的研究者会如实记录下研究过程中遇到的问题。就像尼斯利认识的其他纳粹德国的医学科学家一样，门格勒与政治制度和意识形态签订了灵魂契约，这最终会摧毁研究的科学有效性，也违背了他们发誓要遵守的每一条道德守则。[19] 作为一名病理学家，米克洛斯·尼斯利的工作是解剖尸体，而这些死尸都是在集中营死去或是被门格勒下令杀死的。他自己并没有参与屠杀，也没有被命令参加那些违背伦理道德的医学实验。但作为一名技艺娴熟的法医病理学家，他知道有一些尸体是刚刚被门格勒下令杀死的，如同他在回忆录中牵动人心的一章中所描述的那样。作为奥斯维辛的一名犹太人囚犯，他知道如果胆敢批评或置疑，就会丧失生命。在回忆录中，尼斯利有关与门格勒关系的描述显示了他如何小心翼翼行事，如何避免逾越囚犯身份，如何努力维护医生伦理。换句话说，"以一名医生身份"写作，就是作为一个不带情感的医学观察者。这或许会使他超脱那些他所描述的令人麻木的恐怖事件。这本回忆录的临床医学特性和事实性本质恰恰是它的价值所在。道德说教和事后谴责都于事无补。在回忆录中，他曾不止一次描述了克服恐惧的艰难。在很多时刻，这些实验工作都违背尼斯利本人的意志，令他厌恶门格勒。这些时刻更加震撼人心，因为它们太稀少了。

在战争的最后阶段，随着苏联红军从东方而来，门格勒在奥斯维辛的工作才告一段落。到其他集中营工作后，他又加入了一个军事医疗小组。在战争结束时，这个小组的人员被美国军人俘虏。门格勒编造了假名字，转入地下，在巴伐利亚州当起了农场工人。1949年，像很多人一样，他在提洛尔走私者的帮助下逃过阿尔卑斯山，在亲纳粹的南提洛尔地区（今天位于意大利北部）获得了一本假护照。[20]凭借这本假护照，门格勒从热那亚的红十字会获得旅游签证，随红十字会来到阿根廷。在那里，他又开始行医为生。由于做了太多非法堕胎手术，很快吸引了警方的注意。1962年，阿道夫·艾希曼在阿根廷被绑架偷运出国，在以色列接受审判，并被处以绞刑。在这之后，门格勒逃往巴拉圭，当时那里正处于亲纳粹的独裁者阿尔弗雷多·史托斯纳尔统治下。再之后，他又来到巴西的一个偏远地区，在那里遇到了自己的儿子罗尔夫。罗尔夫对他的父亲一无所知。门格勒曾告诉他："我一生未曾亲自伤害过任何人"。两年后，也就是 1979 年 2 月 7 日，他在海里游泳时溺亡，也许是因为中风。1985 年，他的墓地被找到，尸骨被重新掘出。1992 年，他的身份得到 DNA 测试的确认。[21]

在尼斯利回忆录中，他还提到一些党卫军军官或合作者。其中一人是泽农·森特凯勒博士，他是波兰籍的囚犯医生，负责集中营的医疗服务。森特凯勒因为经常殴打囚犯而臭名远扬，其他囚犯医生都认为他已经精神错乱。他是战后唯一一名受审的囚犯医生，在那之后他的命运就晦暗不清了。[22] 弗里茨·克莱恩是集中营的一名医生，既负责医学实验，也负责从卸货坡道上筛选囚犯。1944 年末，他被任命为德国北部贝尔根—贝尔森集中营的首席医疗军官，因此应对集中营的生活环境负主要责任。当英国军队到达时，发现那里的生存条件令人发指。他和其他军官因此都被起诉。法庭宣判克莱恩死刑，他并没有上诉。按照律师的说法，克莱恩称屠杀犹太人的经历"使他无法再活下去"。前集中营的军官表露懊悔之情非常罕见，他就是其中的一人。1945 年 12 月 12 日，克莱恩被执行绞刑。[23] 二级小队队长莫勒是在第 13 章中首次提到的那个极度凶残的党卫队军官，原型实际上是党卫军一级突击中队队长奥托·莫尔。他在集中营的各个岗位都显露出才干，从 1944 年 5 月起成为奥斯维辛火葬场的负责人。莫尔曾带领集中营的囚犯从格莱维茨附近的奥斯维辛行军到巴伐利亚州的达豪集中营，后来被美国军队俘获。1945 年 12 月 13 日，莫尔在达豪的战争罪法庭接受审判，被判处死刑，于1946年5月28日执行。[24] 二级小队队长莫斯菲尔德（实际上是埃里希·莫斯菲尔德）是特遣队的负责人，他也被美军逮捕。1947年1月23日，他经审判后被处以终身监禁。之后，他被引渡到波兰。因为按照规定，战犯必须在他犯下罪行的国家接受审判。在对门格勒博士的罪行作证后，莫斯福尔德在1947年12月22日被波兰克拉科夫的一个法庭判处死刑，于1948年1月28日执行。[25]

囚犯的命运截然不同。当苏联红军攻近的时候，党卫军竭尽所能地摧毁了集中营。1945年1月19日，他们带领大约5.8万名囚犯离开集中营，向西强行军，只留下了7000多名老弱病残的囚犯。有一些特遣队劳工趁乱成功逃脱。在强行军中，有很多人死于半路，还有人被党卫军射杀。尽管如此，仍有4.3万名囚犯最终到达西部的另一处集中营。这些人国籍不同，绝大多数都是奴隶劳工。[26] 尼斯利就在其中，他跟随队伍，时而步行，时而乘坐火车，于1945年1月25日到达奥地利的一座集中营——毛特豪森集中营。1月29日，他又被转移到多瑙河畔的梅尔克修道院附近的一个附属集中营。最后，于4月7日到达上奥地利州的艾本塞劳动营。5月6日，美国军队解放了这座劳动营。两天之后，战争结束了。在整个过程中，党卫军不断用各种野蛮手段对付囚犯，直到最后时刻，其中就包括残忍的点名制度。与此同时，尼斯利的妻女被带到贝尔根－贝尔森集中营。

她们在那里获得解放,随后回到家乡奥拉迪亚。一家团聚后,尼斯利重操旧业,又做起了医生,但没有再当病理学家。奥斯维辛的经历已经让他受够了。[27]

战争结束后,当协约国开始追究那些仍然活着的纳粹战犯时,尼斯利表示愿意做目击证人。这些战犯包括 IG 法本公司的官员和集中营的医生。1947 年 9 月,他前往纽伦堡。在那里,他宣读了证言。10 月 8 日,他又签署了宣誓书。尼斯利的证词提供了非常重要的证据,这些证据涉及用毒气屠杀囚犯,虐待体弱多病的囚犯,以及门格勒的人体实验等。这些证词被报纸连续刊登,并被冠以"我是纽伦堡的证人"这样的标题。[28] 但这并不是他第一次描述在奥斯维辛的经历。在战争结束后,他一回到家就开始记录自己的故事,并于 1946 年 3 月完成。同年,他的回忆录在罗马尼亚出版。次年,出版了匈牙利语译本,书名是"我是门格勒博士在奥斯维辛的病理学家"。这本书随后被译成多种语言。1960 年,这本书在英国上市,是再版的版本。如今,尼斯利已不在人世,他于 1956 年 5 月 5 日死于心脏病发作。[29]

尼斯利回忆录的英文版出版于 1960 年,由布鲁诺·贝特尔海姆作序,序言在这一版也予以重印(作为序三)。贝特尔海姆既不是历史学家,也不是研究纳粹时代的专家,但他亲身经历过纳粹主义的恐怖。1903 年 8 月 28 日,他出生于奥地利的犹太人家庭,曾在维也纳学习哲学和艺术史。大约在 1936 年至 1937 年间,他开始跟随理查德·斯特巴学习有关精神分析理论的课程。后者是西格蒙德·弗洛依德的门徒,对艺术和艺术家的精神分析兴趣浓厚。[30] 1938年3月,纳粹入侵奥地利,国民中的绝大部分人都赞同将这个阿尔卑斯山下的小国并入第三帝国。入侵之后,由奥地利纳粹分子及其支持者领导的反犹太人暴力行动随之兴起,很多人遭到逮捕。作为纳粹的对手,贝特尔海姆也在其中,1938年5月28日,他被盖世太保抓获,送进达豪集中营。6月3日,他到达集中营,被分类为政治犯和犹太人。一路上,他都遭到党卫军的殴打,在残忍的折磨下苟活下来。9月23日,他又被送到布痕瓦尔德集中营。根据后来撰写的回忆录,贝特尔海姆在那里遭受到了更粗暴地虐待,他只有把自己与那个环绕身边的恐怖世界分离开来,假装一切只是一场恶梦。事实上,在记录集中营的经历时,他甚至使用第三人称提到自己。[31]

在纽约朋友的担保下,贝特尔海姆于1939年5月11日来到纽约。在余生中,他一直试图用被纳粹监禁的经历来描述对极权主义、专制主义及人类变态行为的理解。他最有名的一本书是1960年出版的《被启示的心灵》,书中详细分析了他在达豪集中营和布痕瓦尔德集中营的那段岁月。与此同时,他在其他的作品中也运用弗洛依德的思想去讨论儿童发育,特别是儿童的自闭症现象。他把这种状况与集中营囚犯的状况联系在了一起。贝特尔海姆经营了一所为有心理问题的儿童开办的学校,他的自闭症理论曾广泛影响了 20 世纪七八十年代的人。他将问题归结于孩子的生活环境，比如母亲的冷漠和父亲的失责，但现在已很少有人再坚持这个理论。在妻子去世后，贝特尔海姆也因中风而身体残疾，智力也受到损害。1990 年，他把塑料袋套在头上自杀了。贝特尔海姆的思想遗产存在很大争议。他以前的学生曾起诉学校，指控学校的教师广泛存在恃强凌弱和体罚学生的行为，而国际精神分析学界对其方法的有效性也一直存有争议。[32]

贝特尔海姆为米克洛斯·尼斯利回忆录撰写的序言体现了两点：一是认为作者有关集中营经历的回忆存在很多问题；二则与当时的时代氛围有关。他的很多观点都很牵强，其中最令人难以置信的是关于犹太人的判断。他认为，欧洲犹太人之所以没有与命运抗争，是因为他们被一种集体的"死亡本能"支配。相信弗洛依德学说的人可能会认为这种"死亡本能"使贝特尔海姆抑郁症反复发作，最终导致他在 1990 年选择自杀。但这个概念没有任何医学或心理学基础，纯粹是弗洛依德式推测的产物。那些死去的犹太人有可能采用贝特尔海姆的办法，佯装这一切都是虚构的；但他们也肯定知道抵抗就意味着死亡，尼斯利在书中对这一点解释得很清楚。

在回顾历史时，贝特尔海姆认为，欧洲的犹太人本可以反抗党卫军。他们之所以没有这样做原因很多：犹太人缺乏宗教、政治及社会团结；他们对身处环境的严重性认识不足；他们缺乏武器弹药；在经历了长时间的折磨、侮辱、暴力及失去家庭和财产后，他们自甘堕落；他们营养不良、身体虚弱，在去集中营的路上缺医少药。一些人的宗教信仰就是忍受痛苦，而另一些人则害怕反抗行为会招致残酷的报复，这些通常都很合理。贝特尔海姆的苛评显示出他对实际状况一无所知。然而，这不仅仅是道德傲慢的产物，也是那个时代的产物。在20世纪60年代初期，人们在纽伦堡审判后很长一段时间内都处于沉默状态。在那之后，公众才又一次对纳粹屠杀犹太人的那段历史进行讨论。

贝特尔海姆把对这个问题的想法写进了尼斯利的回忆录和其他出版的文章中，这个观点是在他1960年阅读了《安妮日记》之后首次提出的。那本书记录了一个德国犹太人家庭的生活，他们躲藏在纳粹占领下的阿姆斯特丹。贝特尔海姆觉得他们应该买一把枪，在警察搜查时就开枪射击。这种英雄式的自我牺牲是不切实际的，它本身就代表着某种死亡的意愿。然而更普遍的观点是，1960年在耶路撒冷对阿道夫·艾希曼的审判触发了这一历史性回忆，那时他刚从阿根廷被绑架到以色列。随着大量幸存者在证人席说出了他们在奥斯维辛和其他地方的经历，大屠杀才第一次作为特殊的犹太人事件暴露在世人面前。与看起来无穷无尽的犹太人幸存者提供目击证明形成鲜明对比的是，在法国和其他被占的欧洲国家则开展了广泛的庆祝活动，这些地方的全国性反纳粹行动成了毋庸置疑的神话。德国犹太哲学家汉娜·阿伦特在她著名的作品《耶路撒冷的艾希曼》中描述了审判过程,她在作品中因推测称犹太人是"温顺地来到坟墓"而招致犹太人组织的严厉批评。但实际上,她辩解道,犹太人没有反抗无可厚非;在任何残忍的极权统治下,不反抗都是不可避免的。艾希曼一案的检察官曾一而再、再而三地询问那些目击者他们没有反抗的事实。但阿伦特却说,这只不过表示他从未理解犹太人在野蛮、恐怖的统治下根本无法反抗。她认为,这样的置疑也许只是一种宣传,是想把以色列人所谓的自信的英雄主义和离散犹太人的 "温柔顺从"进行比较。[33]

1961年,奥地利裔的美国学者拉乌尔·希尔伯格发表了大部头的实证主义著作《欧洲犹太人的毁灭》,其中也描述了犹太人放弃反抗的事实,并通过阐述犹太人特有的死亡意愿来呼应贝特尔海姆。这样的观点令阿伦特所不齿,她以普遍存在的极权主义下的群体性被动作为回应。"贝特尔海姆先生",她曾写道,"你所谓的犹太人问题找错了地方。"[34] 然而,这三位作家又被一个更有争议的论点联系在一起,即所谓的犹太人领袖的合作问题,尤其是纳粹在华沙的犹太人区等地方建立的"犹太人委员会"。阿伦特独特的论断引发了学术研究的风潮,随后的研究更细化,方向更多元。但关于犹太人、至少是一部分犹太人在毁灭的过程中与凶手进行合作的观点在60年代初虽然饱受争议,但产生了重要的影响。这一观点主导了贝特尔海姆对米克洛斯·尼斯利在奥斯维辛特遣队中行为的评价。[35]

在《被启示的心灵》一书中，贝特尔海姆认为米克洛斯·尼斯利和安妮·弗兰克的父亲奥托不同。奥托只听从自己的内心，以及他对家庭的爱，而拒绝听从理性的劝说（换句话说，如果他进行反抗，而不只是逃避现实，他们全家都得死），而尼斯利则把理智摆在前面，将自己包裹在病理学专家的外壳内，排除那些心知肚明的事情，也就是当时他正在做错事的想法。"他考虑怎样才能活下来？借助他引以为傲的专业技能，而不考虑这种技能会带来什么后果"。贝特尔海姆指责他成为了"参与者和党卫军罪行的同谋"。[36] 然而事实上，贝特尔海姆对这两本书中的看法都是错误的。奥托·弗兰克实际上带着全家来到中立国荷兰，目的就是逃离德国的迫害，但事态发展难以预料，德国随后就侵入了荷兰。如果让时间回转，让他放弃隐藏全家而存活下去的希望，去做自杀式的牺牲行为，是愚蠢可笑的。同样，尼斯利事实上从未像贝特尔海姆所说的那样自愿帮助门格勒：他没有选择。他也没有参与门格勒的那些残忍的实验，他只是处理实验的结果。此外，在将人种学、生物学和人类学研究所描述成"第三帝国最具资质的医学中心"的时候，尼斯利也并未像贝特尔海姆说的那样是"愚弄自己"。相反，他只是表达一种广泛接受的、实际上是国际通行的关于科学合法性的观点。

贝特尔海姆的观点在美国出版界引起很大争议，这不足为奇。亚历山大·多纳特曾被关押在马伊达内克的集中营和灭绝营,作为一名评论家,他这样写到;"贝特尔海姆是在芝加哥的温柔乡中臆想希特勒的殉难者是英雄还是胆小鬼"。他也许在大屠杀中失去了很多家人,但他在把自己的思想建立在达豪集中营和布痕瓦尔德集中营的经历时,多纳德又写到:"他忘记了,与后期的集中营相比,1938 年的集中营就像个避暑盛地。"多纳特曾参加过策划华沙犹太人区起义的犹太人军事组织。整个组织只有六把左轮手枪,而这还是通过波兰的地下组织用六个月时间收集起来的。贝特尔海姆怎能轻易苛责奥托·弗兰克没有搞一把手枪呢?贝特尔海姆已经逃离集中营,在美国开始了新生活。他怎么敢对那些没有享受如此奢侈生活的人进行道德审判呢?贝特尔海姆不相信任何偶发事件;那些没逃出来的人是因为他们遭遇了一系列不幸,他们的失败并不是因为他们不想逃跑。"不惜一切代价寻求事件的意义,有些事件简直超出了人类的理解能力",贝特尔海姆的传记作者这样写道,"你可能发现,自己主张的真理是无法自己证明的。"[37]

后来,贝特尔海姆把他关于尼斯利、安妮·弗兰克和集中营犹太人的结论当作对现在和未来几代犹太人的警示,意在让他们在面对歧视时就积极抵抗,这个劝诫本身就有问题。与此同时,他也许得在不断回顾中直面自己的内疚,因为他也未曾逃脱被抓和坐牢的命运。[38]最后,与一位匈牙利病理学家对奥斯维辛经历的全面评价相比，贝特尔海姆的反应更多是为了驱除自己的心魔。读者必须自己判断：尼斯利是一个作恶而不自知的人？还是一个怯懦而不抵抗的人？或者，他在追随犹太人历史学家西蒙·杜布诺夫的教导。当1941年杜布诺夫在里加被执行死刑的时候，他向犹太同胞们说道："人们，不要忘记，要大声说出来，把一切都记录下来。"[39]

理查德·J·伊文斯

注释

1 以斯拉·门德尔松：《世界大战期间东中欧的犹太人》（布卢明顿，1983年），第85—128页。

2 赫伯：《人生旅程》，第187-190页。

3 最全面的记录是索尔·弗里德伦德尔的《纳粹德国和犹太人·第1卷：迫害年代（1933—1939年）》（伦敦，1997年）和《第2卷：灭绝年代（1939—1945年）》（伦敦，2007年）。简要的小结见理查德·J·伊文斯：《战争中的第三帝国》（伦敦，2008年），第217-320页。

4 黛博拉·卓克和罗伯特·杨·冯·佩尔特：《奥斯维辛：从1270年到现在》（纽约，1996年）；瓦茨劳夫·德拉格博斯基和弗朗齐歇克·派博尔编：《奥斯维辛（1940—1945年）：集中营历史上的焦点》（奥斯维辛，2000年）。

5 权威的论述，参见彼得·隆格里希：《大屠杀：纳粹对犹太人的迫害和谋杀》（牛津，2010年），第405—410页。格茨·阿利和克里斯汀·格拉赫：《最后一章：现实政治、意识形态和匈牙利犹太人的屠杀》（斯图加特，2002年），过度强调驱逐与谋杀背后的理性算计，低估了纳粹提前好几个月就想把匈牙利犹太人赶尽杀绝。经典的作品是伦道夫·L·布拉昂的《匈牙利犹太人的毁灭：纪实文学》（纽约，1968年），以及他的另一本著作《种族灭绝政策：匈牙利大屠杀》（纽约，1981年）。

6 赫伯：《人生旅程》，第191页。

7 赫伯：《人生旅程》，第191—192页，第159页注释8；鲁道夫·荷斯：《奥斯维辛的指挥官》（伦敦，1959年），第162—171页。

8 吉迪恩·格瑞夫：《"我们欲哭无泪"——犹太人"特遣队员"在奥斯维辛的目击记录》（科隆，1995），第15—42页；作者同上，《"特遣队员"的道德问题——囚犯》，载乌尔里希·赫伯特等编：《纳粹集中营·第2卷》（法兰克福，2002年），第1023—1045页。

9 赫伯编：《在另一面》，第164—165页，注释29—30，第180—181页，注释112—113；西比尔·施泰因巴赫尔：《奥斯维辛：一段历史》（伦敦，2005年），第119—121页。

10 迈克尔·卡特尔：《希特勒手下的医生》（教堂山，1989年），第234页。

11 希拉·福伊特·维斯：《与纳粹共生：第三帝国的人类遗传学和政治》（芝加哥，2010年），这本书是基于傅舒尔部分私人文件的最好的研究。

12 苏珊娜·海姆等编：《纳粹党时期的威廉二世皇家学会》（纽约，2009年）；更具体的描述在汉斯·沃特·舒慕尔：《威廉二世皇家人类学、遗传学和优生学研究所（1933—1945年）：跨越边界》（海德堡，2008年）。又见贝恩德·高斯梅尔：《自然系统和政治联盟：威廉二世皇家生物与生化研究所（1933—1945年）》（哥廷根，2005），以及汉斯·彼得·克勒讷：《从优生学到遗传学：战争结束后的威廉二世皇家人类学、遗传学研究所》（斯图加特，1997）。

13 卡特尔：《希特勒手下的医生》（教堂山，1989年），第233页。

14 赫伯：《在另一面》，第157页注释2。

15 罗伯特·杰伊·利夫顿：《纳粹医生：对邪恶的心理学的研究》（伦敦，1986年），第337—383页；卡特尔：《医生》，第234页；赫伯编：《在另一面》，第170页注释54。

16 利夫顿：《纳粹医生》，第347—360页；保罗·J·韦恩德林：《1870年至1945年间国家统一和纳粹主义中的卫生、种族和德国政策》（剑桥，1989），第 55—63 页；维斯：《与纳粹共生》，第 6 章，关于德国人类遗传学在国际科学界地位的报告。

17　利夫顿：《纳粹医生》，第 360—383 页；卡特尔：《医生》，第 234—235 页。

18　弗朗西斯·R·尼科西亚和乔纳森·胡尔编：《纳粹德国的医学和医学伦理学：起源、实践、遗产》（纽约，2002 年）。

19　迈克尔·阿什：《作为相互资源的科学与政治》，载吕迪格尔·范·布鲁赫和布里吉特·凯德拉斯编：《科学与科学政策：从整体到结构，20 世纪德国的中断与连续》（斯图加特，2002 年），第 32—49 页。

20　吉拉尔德·斯坦纳切尔：《逃跑中的纳粹党人：希特勒的亲信是如何去往正义的》（牛津，2011 年），第 24—26、41—42、49—52、97 页。

21　乌尔里希·伏尔克莱恩：《约瑟夫·门格勒：奥斯维辛的医生》（哥廷根，1999 年），介绍了门格勒晚年的一些情况。

22　赫尔曼·郎本：《奥斯维辛的人们》，第 217—219 页；利夫顿：《纳粹医生》，第 249—250 页。

23　乔安妮·雷利：《贝尔森：集中营的解放》（伦敦，1998 年），第 19—49 页，介绍了医疗状况的细节；本·谢帕德：《黎明之后：贝尔森的解放，1945 年》（伦敦，2005 年），第 168—175 页，介绍了对克莱恩的审判。

24　赫伯《在另一面》，第 200—201 页。

25　同上，第 201 页。

26　赫伯：《人生旅程》，第 195 页；关于 I.G. 法本公司的审判，见迪尔米德·杰弗里斯：《地狱的联盟：I.G. 法本公司与希特勒战争机器的制造》（纽约，2008 年），第 359—402 页。

27　安杰伊·斯切莱茨基：《奥斯维辛集中营囚犯的死亡行军》，载赫伯特等编：《纳粹集中营·第 2 卷》，第 1093—1112 页。

28　丹尼尔·布拉特曼：《死亡行军：纳粹屠杀的最后阶段》（剑桥，马萨诸塞州，2011 年），这是目前最好的全局性调查；关于尼斯利，见赫伯：《在另一面》，第 192—193 页。

29　赫伯：《在另一面》，第 195—196 页。

30 尼娜·萨顿:《布鲁诺·贝特尔海姆:疯狂的另一面》(伦敦,1995年),第17—119页。
31 同上,第120—164页。
32 同上;萨顿的传记仍然是最充分、也最具有同情心的作品。
33 彼得·诺维克:《大屠杀和集体记忆:美国人的经历》(伦敦,1999年),第132—138页;汉娜·阿伦特:《耶路撒冷的艾希曼》(纽约,1963年);萨顿:《布鲁诺·贝特尔海姆》,第305—306页。
34 在诺维克的《大屠杀》中引用过,第139页。
35 诺维克:《大屠杀》,第139页;萨顿:《布鲁诺》,第306—307页。
36 萨顿:《布鲁诺》,第306—307页。
37 同上,第312—313页。
38 同上,第313—327页。
39 在弗里德伦德尔的《纳粹德国和犹太人·第2卷》中引用过,第262页。

序 二

现在，距离本书中描写的那段不可思议的往事已经过去半个多世纪了，尽管我们做了很多努力，使人们不要忘记希特勒统治下的12年里发生的人类耻辱，但是事实上，看见并且经历集中营黑暗岁月的人已经为数不多了。

沧海桑田，变化万千。历史的长轴可以把我们每个人变得很渺小，也可以把一些很微小的事物汇集到一起，形成一件有很大影响力的事情。亲身经历者终将逝去，再伟大的人和事也终将变成沧海一粟，所有的事情都将离我们远去。博物馆再雄伟，也无法重现真实的情景；纪念物再真实，也无法自己诉说当时的故事。这就是为何米克洛斯·尼斯利博士的这本著作在成书半个世纪之后还有着尤为重要的意义。这种意义的重要程度甚至超出了它第一次刊登在让 保罗·萨特（Jean-Paul Sartre）主办的月刊《摩登时代》

（*Les Temps Modernes*）上的意义。这本书是最早出版的一批以集中营为题材的书之一。在那个时代，由于作者立场的道德模糊性，很多关于奥斯维辛主题的书刊都不愿意提及集中营里到底发生了什么（这一点布鲁诺·贝特尔海姆在序言中也有所表述）。不过本书仍然被《纽约时报》评为"一本让读者了解奥斯维辛的绝佳作品！"本次再版，应读者的要求增添了一些介绍背景的文字。

1944年3月中旬，德国人入侵了匈牙利，之后匈牙利的所有犹太人都被一纸限制令软禁在家。希特勒曾在1933年上台后推行了一套预防性拘留政策，用来恐吓和控制那些可能会动摇新政权的人。这项政策一经出台就被长期使用，限制令就是其中的一款。随后，驱逐犹太人的政策大行其道。1944年4月，尼斯利博士一家与其他犹太人一样，从他们生活的城市奥拉迪亚（Oradea）被运往奥斯维辛。纳粹用运牲畜的车来运人，借此一步步地羞辱他们，贬低他们。尼斯利博士一到奥斯维辛就与他的妻子女儿分开了，并被臭名昭著的约瑟夫·门格勒（Josef Mengele）博士选去承担集中营的所有医疗工作。就这样，尼斯利成了一名特遣队员。所谓特遣队指的是这样一群人，他们与其他囚犯不同，被区别对待并享有一定的特权，在集中营内从事特定的工作，因此特遣队又被叫做"活死人小分队"。尼斯利所在的这支特遣队是由860名男性囚犯组成的，他们每个人都有不同的专业技能，而且身体素质较好，比较健壮。

只要他们还活着，他们就比别人相对自由一些，但实际上，他们从被选为特遣队员到被杀死为止，只活了四个多月。在短短四个多月之后，他们立刻被处死，并被一批新的特遣队员取代。纳粹当局通过这种方式来保证"死亡工厂"中的事情不被泄露出去。

他们曾经非常接近成功。一开始，集中营所有的纳粹党卫军都发过誓，不把他们在集中营的见闻说出去，他们的人数从1940年4月建营时的少量人员发展到1945年1月的数千人，之后集中营被解放。此外，德国当局在1944年就彻底销毁了送往奥斯维辛的所有犹太人的名单，并在随后几个月里销毁了一切犯罪记录。1945年初，苏联军队逼近奥斯维辛的时候，其他的罪证要么被烧毁，要么被转移到西边其他集中营。1月中旬，纳粹党卫军匆匆处决了数千名囚犯，并于1月18号凌晨仓促逃走，只留下无人看守的集中营。根据尼斯利博士的描述，集中营里剩余囚犯中的一大部分人利用人去楼空的间隙依次逃出了奥斯维辛，因为他们害怕纳粹会在苏军进攻前将他们全部杀掉。当苏军于1945年1月27日占领奥斯维辛的时候，发现了大量受害者的尸体，与此同时还有7000多人被困在奥斯维辛，这其中绝大部分人都是由于身体太虚弱而无法逃脱。因此，无论纳粹多么努力地想毁掉一切有关集中营的证据，最终都会失败。这是由于以下两点原因：一是犯罪行为太过恶劣，受害人数众多；二是德国人的官僚主义作风。所以，真相终将披露于世。

在过去 30 到 40 年间，有数百部关于纳粹集中营的档案或作品问世，既有奥斯维辛指挥官鲁道夫·赫斯（Rudolf Hoess）的自传，也有集中营幸存者的个人记录。在我看来，这些作品中达到顶峰的是达努塔·采奇（Danuta Czech）的《奥斯维辛编年史，1939—1945》（*Auschwitz Chronicle, 1939-1945*）这本书，书中甚至详细记录了在集中营每一天发生的故事，可谓是同类作品中的一座丰碑。

虽然以此看来，迈进奥斯维辛的大门就等于走向死亡，但尼斯利博士却奇迹般地活了下来。透过他的眼睛，我们仿佛亲眼看见那些特殊的时刻，通过他以一个目击者这样独特视角的记录，我们可以重温一个帝国的缓慢瓦解，而这个疯狂的、宏伟的帝国曾被人们认为会统治万代。作者质朴的笔触缓缓打开了一段历史的画卷，从被送往集中营开始，经过 1944 年到 1945 年初漫长的大屠杀，最终收尾于纳粹统治垮台后的仓皇出逃。我之所以使用"质朴"这个词来形容这本书的写法，是因为尼斯利博士自己曾表达出这样的意思："在我经历那些恐怖得根本无法想象的事情的时候，我的身份是医生而不是作家，现在我要把它记录下来，也只会站在一个医生的角度，而不是站在一个记者的角度。"文字上的点滴不足不影响整部作品的严肃性，比起文字修辞来，更重要的是书中那段历史记录的真实性。

即便是在今天，米克洛斯·尼斯利仍不愿相信他自己度过的那些黑暗岁月，因为人性本善，谁都不愿面对痛苦与斗争。那些欺压与折磨、贬低与堕落，那些对同类做出的残暴行为是人人都想远离的，然而正义与邪恶就差一小步，一旦迈出这一步，身后就是万丈深渊。即使到现在，仍有一些人不相信曾经发生过的一切，包括五六百万犹太人在内的一千两百万人被屠杀，他们觉得这段历史是伪造的，或者有些夸大其词。持有这种观点的人数量不算多，更多人则不愿重提这段尘封的往事，宁愿它沉睡在记忆当中。当有人知晓了这些故事并愿意传播它的时候，其他人会纷纷站出来询问：反复重提这些事到底有什么意思？为什么要翻旧账来挑起仇恨的火种？为何要带着愤怒的眼光回顾往事，而不是宽容过去，远眺未来？问得好，那些亲身经历的受害者会告诉你答案！美国著名作家迈耶·莱文（Meyer Levin）曾这样写道："那些纳粹暴行的受害者留下了他们亲身经历的记录，虽然不完整但却真实，他们用指甲在墙上刻下了只言片语，希望人们后来看到的不只是一串冰冷的统计数据，而是血淋淋的现实。我们有责任倾听他们的一切。"

一开始，在那些幸存者们刚被解救出来的几年里，那些经历过集中营灾难的人们常常会被要求讲述他们的经历。然而回忆这些事情太痛苦了，所以他们想都不愿想，更别提写下来了。那段时间应该是他们治愈心灵的创伤，好好享受生活的日子。随着时间的推移，历史的面纱一点点被揭开，越来越多的人愿意讲述那段沉痛往事，因为这样可以让"世界不会忘记"。总结起来，人们最常问起的问题就是：怎么会发生这样的事情？到底是谁允许这样的事情发生的？答案可能不是那么容易得到的。在"二战"末期的时候，西方各国的领导人对于希特勒统治下的国家到底发生了什么事情是知情的，就算不知道细节，也肯定知道大概的轮廓。但是从最近几十年发生的事情来看，依靠他国力量平息暴行的可能性太小了。

除了以上的问题，还有一个问题是很尖锐而又绕不开的，布鲁诺·贝特尔海姆在序言中也提到了这个问题，那就是：为什么犹太人会自愿被限制、被捕、被驱逐，就算是被杀掉也没有任何反抗？具体来说，为什么14支特遣队中只有一支在临死前起义暴动？就算知道自己时日无多，就算知道继任者们会把自己送入焚尸炉，他们还是没有奋力一搏，而是继续扮演等待被处死的"活死人"。我认为这些问题的答案最好由读者自己去寻找，而不是全部听信沃尔特·拉克（Walter Laquer）的观点。他在达努塔·采奇的著作前言中提道：我们应当牢记大屠杀中的两个完全不同的要素。欧洲的许多犹太人聚集而居，形成了自己的小社会。日耳曼民族里毕竟出现了巴赫、贝多芬、康德、歌德、席勒，试问：这样的民族能"坏"到哪里去？希特勒虽然阴差阳错上了台，但注定会垮台。拉克和其他一些人都提到了下面这件事，在奥斯维辛的另一处集中营里，关押着1.3万多名苏联战俘，他们的体格更加健壮。如果可以的话，他们本应该起义，为自由而战。但是这1.3万多人只有92人活了下来，他们也没有进行暴动。原因很简单，在这场不公平的游戏中，所有集中营的受害者，包括犹太人、吉卜赛人和战俘，在统治者的强权面前都是无能为力的。

  保守估计，约有1200万人在纳粹集中营遇难。这其中绝大部分被无情地杀害，也有很多人死于饥饿、病痛或自杀。数目之大令人难以置信。尼斯利博士这部作品的重要性不在于它有多么深刻的见解，而在于它用大量的史实直接呈现下层社会的生活写照。借用布鲁诺·贝特尔海姆的一句话来结束这段文字，"它所讲述的故事虽然骇人听闻，却值得一遍又一遍重提，直到这些故事的意义能够被我们这个时代认可。"

理查德·西弗

序 三

当我最初接到为本书作序的邀请时，还有些犹豫。但是毋庸置疑，《来自纳粹地狱的报告》一书绝对是一部诚实而重要的作品。它所讲述的故事虽然骇人听闻，却值一遍又一遍重提，直到这些故事的意义能够被我们这个时代认可。该书不是一本直接审视集中营意义的书，但对于作者来说却意义深远，至少可以视做一本医生角度写的书。虽然很多医生也写过类似的书，描述他们在集中营的经历，例如神经科医生维克多·E·弗兰克（Victor E. Frankl）曾描写过奥斯维辛的经历，但弗兰克从来没有帮助纳粹党卫军进行人体实验，也不像那些臭名昭著的医生一样助纣为虐。虽然他并没有帮助纳粹党卫军杀人，但是他本人也承受着与其他人一样的痛苦。谈起在集中营的经历，弗兰克引用了黑贝尔的一句话："一定会有一些事情一步步地让你失去理智，除非你根本就没有理智可以失去。"尼斯利博士的一位同事就是这样渐渐失去了理智。本书讲述了这种理智的丧失，这不仅是书中最感人的，也是最令人欣慰的部分。无论过去还是现在，只要有足够的理由，人们就会失去理智。

弗兰克以及其他千千万万集中营的犯人们之所以没有失去理智，是因为他们从未接受命运的摆布，而是勇于抗争。第12批特遣队是由在毒气室处理死者的囚犯组成的特遣队，尼斯利博士无疑为这支特遣队提供了很多自由的空间。与其他特遣队不同的是，这个队伍中的囚犯们仍然怀有自由的信念，而这种信念一直支撑他们走到最后一天。因此，他们像人一样庄严地死去，而不是一具具行尸走肉。仅凭本书对这支特遣队的描写，就可以使其成为一部重要的文献资料，但特遣队员多舛的命运却引出了另一个尖锐的问题：为什么14批特遣队中仅有这一支勇敢抵抗？为什么其他特遣队都坚定地认为他们最终会走向死亡？为什么数百万囚犯也持有这种观点？这八百多人的故事是集中营里的一段传奇，同时也是一段重建人类信念的艰难历程。但是其实他们仅仅做了我们认为整个人类都应该做的事情：如果不能阻止死亡，那就利用死亡，在可能的情况下尽量削弱和抗击纳粹；他们甚至以一体之驱让集中营出点儿小问题，哪怕只是让集中营运转不顺畅而已。当然，他们所做的都在人性的范围之内。如果他们能做到，为什么其他人做不到呢？为什么他们宁愿放弃自己的生命，也不愿意与纳粹抗争一下？为什么他们宁愿亲近纳粹，也不愿意帮助他们的家人、朋友或者其他犯人呢？这些都是萦绕心头并让我终日困惑不解的问题。

这些问题的答案就在本书当中。这是令人难以置信却又真实的故事。我们都不愿承认这个故事实实在在地发生过，它已经打破了我们的价值观。如果可能的话，与其重提纳粹集中营这一话题，倒不如彻底地忘掉它，就当它从没有发生过一样。但这是不可能的，为了不受噩梦侵袭，我们唯一能做的就是不再回忆。

人类的整个历史进程充满了宗教或政治原因造成的迫害，西方国家也毫不例外。在过去的几个世纪里，大量人口遭到屠杀。"三十年战争"使日耳曼人口锐减，数百万的平民百姓死于非命。战争是可怕的，而人类之间惨无人道的暴行尤甚。虽然书中描述的集中营的故事与我们熟知的很多故事有类似之处，但这本书的重要意义却在于它的不同寻常与触目惊心。这本书基于一个全新的人性的角度，虽然我们都希望忘掉它，但是忘却可能会给我们带来更多危险。这也许听起来很奇怪，但是在人类的发展史上，我们已经能够接受德国人在集中营屠戮几百万生命这一血淋淋的事实。但这并不是集中营最独特之处，集中营的独特之处在于人与人之间的冷漠，即使放在几百年前，发生类似的事情后，人与人之间恐怕都不会这么冷漠。我们需要从中汲取什么教训呢？那就是这种绝无仅有的、令人恐惧的自我灭亡，他们就像旅鼠一样聚集在一起，沿着一条路线坚定地前行，绝不停止，一直奔到大海，纷纷跳下海去，直到整个旅鼠队伍全部灭亡。这一事实令人难以置信，但是我们却必须铭记。

足以令人称奇的是，一个奥地利人让我们理解了这一现象，而另一个奥地利人则让我们更加迫切地理解这一观念。希特勒用毒气杀死数以百万计的囚犯，在他制造这一惨绝人寰的屠戮之前的几年里，同是德国人的弗洛伊德坚持认为，人终其一生都在与死亡做着长期的斗争，他称之为"死亡本能"。他同时指出我们必须小心翼翼地徘徊在一条边界线上，一旦跨越这条边界线，那么我们就会自取灭亡。20世纪的到来打破了这个曾经阻止人类社会因过度膨胀而自取灭亡的森严壁垒。家庭、社会、国家、宗教等问题的出现使人类发现了自身的弱点，以往那些约束或阻止我们毁灭自我的力量一步步被削弱。尼采曾经认为西方人需要对所有的价值观念进行重新判断和评估，但是他的这种想法就算是在现代也很难实现（虽然希特勒也如其他人一样对尼采误解得一塌糊涂，但这并不妨碍希特勒成为尼采的忠实拥趸）。控制死亡本能的旧有说法已经不再让人留恋，新的更高的道德标准将取而代之，但是还没有蔚然成风。就像一个人需要更换老旧的身体组织，而新的结构尚未形成一样，在这种新旧社会更迭的时代，恰恰没有什么东西可以约束人类自我毁灭的倾向。在这种时代，唯有个人内心的忍耐方能控制死亡本能，阻止人们像旅鼠般毁灭自我，希特勒的时代正是这样一个时代。

让人丧失对死亡本能的控制有多种形式，集中营所采取的形式就是让这些囚犯"习以为常"地自己走进毒气室。那些对囚犯们实施死刑的人，其实也是囚犯中的一分子。如果无事可做，他们就和其他囚犯一样被执行死刑。因此可以说，他们亲手为自己打开了通向地狱之门。

还有一些人与这些戕害同胞的人们不同，他们没有成为纳粹党卫军的帮凶。那些亲身经历了大屠杀的人们都有这样一个疑问，人们怎么能在终日目睹焚尸炉的熊熊火光、嗅着尸体的焦味之后，还能无视毒气室的存在？他们又是怎样为了保全自己的性命而宁愿对集中营中发生的一切屠戮视而不见？例如，奥尔加·伦吉尔（Olga Lengyel）在其作品《五个烟囱：奥斯维辛的故事》（*Five Chimneys: A History of Auschwitz*）中描写过这样的内容：虽然主人公和她的狱友们就被关在离焚尸炉和毒气室几百米远的地方，他们目睹了那里发生的一切，但在几个月之后，大部分囚犯都拒绝承认他们的所见所闻，好像什么都没发生过一样。德国的平民也不承认曾经存在毒气室。不过看似相同的否定却有不同的意义。平民百姓如果承认事实或者提出异议，就会遭受死亡的厄运，而奥斯维辛的囚犯则注定面临死亡。如若他们反抗，不仅他们自己可能逃脱，还可能挽救其他人的生命。当伦吉尔和她的狱友们被送到毒气室的时候，只有她成功逃脱了，其他人甚至试都没有试一下。更有甚者，在伦吉尔第一次试图逃脱的时候，向狱卒报告了伦吉尔的潜逃行为，导致她第一次逃脱失败。伦吉尔想不出任何合理的解释，唯有认为他们对冒险行为缺乏勇气，却对逃脱者充满嫉妒。我宁愿相信，多数囚犯只是放弃了求生的渴望，一味地纵容死亡的洪流将自己淹没。结果，这些囚犯就更加认同绞杀他们的纳粹党卫军，而不认可他们的狱友。而其中一些狱友则竭力将性命掌握在自己手中，计划逃离死亡的厄运。

但这已经是放弃生还希望的最后一步了，在这一步，根据更为科学的术语所称的惯性原则或强迫重复原则，人们已经不再对死亡本能进行反抗。因为第一步早在他们进入集中营之前就发生了。正是惯性使数百万的犹太人进入纳粹党卫军为他们建造的犹太人区，也正是惯性使成千上万的犹太人在接到限制令后足不出户，静候刽子手的到来。有些人并没有一味地屈从于限制令，而恰恰在限制令大行其道的时候吹响了抵抗的号角。就算他们不久前还没有这么做，但很快他们就加入了反抗运动，并伪造了自己的身份，所以他们中的大部分人都死里逃生，活了下来。在非犹太人中惯性原则就不是这么回事了，虽然死亡并非迫在眉睫，但他们却时刻都能感受到那种莫名的压抑。在当时的情况下，为了求生，他们孤注一掷，举手投降并且竭力掩盖盖世太保犯下的罪行。虽然生存的希望极其渺茫，但至少还存在一点希望。而这点仅存的希望却导致了不同的结果。对于日耳曼人来说，这是可行的；但对于犹太人和集中营中的囚犯们来说，则是自欺欺人。集中营的囚犯绝大部分都是犹太人。当囚犯们开始协助纳粹分子不断屠杀自己同胞的时候，惯性原则已经远远不能解读这一现象。这时候，日益强烈的死亡本能已经和惯性原则交织在一起。

伦吉尔曾在《五个烟囱》中提起过的门格勒博士，也就是本书的主人公之一。他就是典型的具有"习以为常"态度的人，正是这种态度才让纳粹党卫军和囚犯们在任何情况下仍然保持内心的平衡。伦吉尔举了这样一个例子：门格勒博士在一位母亲的分娩过程中实施了正确的医疗预防措施，他严格遵守了无菌操作原理，小心翼翼地剪掉婴儿的脐带。但是仅仅半个小时之后，他却亲手把这位母亲和初生的婴儿送进了焚尸炉。

正因为抱着同样的"习以为常"态度，尼斯利博士在集中营中担任医生，帮助纳粹党卫军；也正是因为这种态度，很多居住在犹太区的犹太人不仅为纳粹党卫军工作，而且还帮助他们把狱友们送进毒气室。如果不是这种"习以为常"的态度，那也是类似的惯性原则推迟了波兰犹太区起义的爆发。这场起义本来可以挽救上万人的性命，但是这种反抗来得太晚了，以至于仅存的人力和物力太过微弱，不足以抵抗。

所有的一切都会成为历史，然而，这种"习以为常"

的态度无论如何不应被忘却，它隐藏在我们极力想要忘记的两件事情背后：一件是在20世纪，像我们一样的普通人曾经把数百万人送进了毒气室；另一件是数百万像我们一样的普通人在走向死亡的时候毫无反抗。在布痕瓦尔德，我询问了成百上千的德国籍犹太人，他们在1938年的秋天被押送到布痕瓦尔德。当我问他们为何遭受歧视和侮辱却不选择离开德国时，他们回答说："我们怎么能离开？如果离开就意味着离开我们的家园，离开我们苦心经营的生活。"他们心里想的全部都是自己的财产，所以他们根本不想离开。他们并非利用自己的财产，而是完全被财产控制了。实际上，歧视犹太人的法律意在驱使他们净身出户，离开德国。长期以来，纳粹党的意图就是驱逐所谓的"不受欢迎的少数人"离开德国，比如犹太人。只有当这种驱逐政策不能奏效的时候，纳粹党才制定灭绝政策，其背后的逻辑是纳粹的种族主义。但是人们不禁要问，犹太人（以及后来其他种族）向纳粹的灭绝暴行屈服，是不是因为他们不知道，如果不反抗，他们将遭到什么样的侮辱。犹太人越是不反抗，他们受到的迫害越严重。犹太人好像默认并接受了这种前所未有的歧视和迫害，不再反抗，这种懦弱的表现使纳粹党卫军一开始就认为他们甚至会软弱到自己走进毒气室。而绝大部分在波兰的犹太人就是因为拒绝"习以为常"而在"二战"中活了下来。当德国人扫荡的时候，他们扔弃了所有的家当，逃亡到苏联；虽然他们中的绝大部分人对苏维埃政府心存疑虑，虽然他们担心可能会被当做二等公民对待，但他们至少可以被当做人来看待并活下来。那些没有逃亡，留下来的人们只能一步步走向毁灭与死亡。所以，从深层次的原因看来，这种"习以为常"的态度导致了一切结果。诚然，自杀行为也有着另一层意义，那就是人被逼到绝路的时候，一旦跨过那个临界点，他们就会主动选择死亡，但正是惯性产生的量变导致了最终的质变。

也许畅销全球的《安妮日记》会让我们认同这种"习以为常"的行为，而没有注意到它加速了我们的毁灭。人性的复杂使我们很难作出简单的判断，安妮·弗兰克（Anne Frank）的细腻动人足以唤起我们对她的同情与怜悯。但我认为，她的故事受到全世界的赞誉，应当建立在两点基础之上：一是我们不希望忘掉毒气室所发生的一切，二是我们不应当崇拜这种对大屠杀"习以为常"的态度。在安妮小心翼翼地为秘密躲藏做准备的时候，千千万万的荷兰人与欧洲其他地方的犹太人努力为自己的自由而斗争！主动地战斗要比被动地躲避好得多。其他没有办法参与起义的人，只能默默地转入地下，而不仅仅是被动地躲避纳粹党卫军的追杀。虽然没有任何斗争的准备，但如果有一天他们被抓住，他们也会与纳粹党卫军最后一搏。可怜的安妮像很多人一样，仅仅希望回到正常的生活，我们不能因此而责备他们。但她的一生与那些奋起反抗的人相较而言，要黯淡许多,简直可以称得上毫无意义。安妮本可以像其他在荷兰的犹太人一样,直面恶劣的环境,奋起反抗并活下来。安妮本可以像其他在波兰的犹太小孩一样,有很大的生还希望,但有一个前提,就是需要背井离乡,去荷兰或者其他地方,远离父母,成为别人家的孩子,在陌生的城市生活。

其实大家都知道,拖家带口躲藏起来的危险最大,最容易被纳粹党卫军搜到。弗兰克一家经常与一些荷兰的非犹太人家庭来往,如果他们分散藏匿于不同的家庭当中,那么被搜到的概率就会小得多,但是他们没有这么做,他们仍然尽可能地像平时那样,以他们习惯的方式聚居在一起,只是躲在墙壁的隔间里而已。其他任何一种逃亡方式都不仅仅意味着骨肉分离,更意味着承认人与人相互残杀的事实。最重要的是,"习以为常"的态度并不是绝对的好或者绝对的坏,但在某些情况下,与其他态度相比,它却最有可能导致毁灭性的后果。毫无疑问,要是条件允许,弗兰克一家多么希望能有把枪,这样在纳粹党卫军搜捕他们的时候,他们就可以射杀一二来保护自己。党卫军就那么多人,要是每次党卫军搜捕的时候都因为犹太人的反抗而损失一两个人的话,那么极权国家的发展就会明显受阻。在这种情况下,虽然弗兰克一家的命运不会有明显的变化(因为他们总归是要死的,除了安妮的父亲,这个人很难面对全家人被杀害而自己苟活的事实),但他们可以让自己的死变得有价值，而不只是默默地走向死亡。

我们有理由相信，作者把最想表达的东西放在了《安妮日记》的最后，通过安妮在别人面前陈述她的信仰娓娓道来。毒气室是不是真的存在，这样的事情以后会不会再发生，这些都不重要。假设所有人都活得好好的，假设所有人都可以与最爱的家人们亲密无间地生活在一起，那么我们可以忽略奥斯维辛发生的一切。但是安妮·弗兰克走了，因为她的父母不愿让自己相信在奥斯维辛发生的事情，获得好评的《安妮日记》也含蓄地告诉我们奥斯维辛是个不存在的地方。如果真的是这样，那么那些死去的人们又是怎么回事？！

我曾见过很多幸存者，他们当中既有生活在德国的，也有生活在其他被占领区的，既有犹太人，也有反纳粹的非犹太人，他们坚信，当社会动荡、暴君当政的时候，人们都不会"习以为常"地生活。人们会彻底重新看待一切事物，所作所为、信仰、政见等等会被重新评价，简而言之，人们必须基于现实站在一个新的立场上，而且必须是坚定的立场，不能为个人的利益而改变立场。

举一个例子，在今天，如果非洲的黑人就维护种族隔离政策的警察随便用枪的事件进行游行，那么，他们的游行总会为他们的平等与自由争取一些机会，就算数以千计的黑人被枪杀，就算数以万计的黑人被关进集中营，但这种反抗迟早会产生作用。那些在欧洲的犹太人本可以像黑人一样，在他们还自由的时候就以游行来对抗纳粹，而不是一步步地走向灭亡。但他们坐以待毙，最后居然自己走进了毒气室，就是这种消极不抵抗的行为把自己送上了必死的道路。纳粹党卫军的敲门声敲响了犹太人的丧钟，我多希望他们能够有把枪，哪怕在自己被杀害前也能回击一下，杀掉一两个纳粹的刽子手，这也是摧毁德意志帝国这条革命道路上所要迈出的第一步。

我也曾读到过一些其他人写的关于集中营的回忆录，但无论是作者还是主人公，都未曾成为纳粹的走卒，在我的印象中，在那么多集中营囚犯中，尼斯利博士是唯一一个自愿帮助纳粹来求生的人。他在作出这个决定之后，在经历了那么多事情之后，有时候也不得不靠欺骗自己才能活下来，所以，这本书真正重要的地方就是它可以使读者理解在当时这种情况下，尼斯利博士所做的妥协和自我保护。在极端高压统治下的奥斯维辛，除了死亡本能之外，仍有一些为了生存的自我保护。当然，首先你得知道自己都经历了什么，为何会这样。只有对这些有了足够的了解，人们才会明白饮鸩止渴的道理，才会有更深层的认识，意识到这种表面上的自我保护实际上就是自我毁灭。

有一个极端的例子可以说明这个问题，那些自愿在毒气室协助纳粹罪行的囚犯都天真地以为这样就可以自保，但所有人最终都被杀害了。比起那些早些死去的囚犯们，助纣为虐者的确可以短暂地延续他们的生命，可终究难逃一死，而且多出来的这段时间也是生不如死。尼斯利博士是如何欺骗自己的？显而易见。比如他一边做着残忍的犯罪行为，一边不断强调自己是个医生。他在作品中提到了人种学、生物制剂以及后来被证明是谎言的"第三帝国最具资质的医学研究中心"——生物和人种研究所。但医生的身份根本不能掩盖他作为纳粹同谋犯的身份，他与其他囚犯一样，被迫成了纳粹的帮凶，甚至犯下一些比纳粹还严重的罪行。那他到底做了什么？又是如何活下来的呢？他所做的事只是出于对自己专业的自豪，而根本没考虑出于何种目的。这种对专业技能的自豪感一遍又一遍地贯穿了他的故事和其他囚犯的痛苦。这里需要强调的是，尼斯利博士、门格勒博士以及其他许多著名的医生都借口医学研究开展了人体实验，他们都曾在希特勒统治之前接受过良好的医学教育。这种所谓的对医学知识与专业技能的自豪才是最危险的，因为他们已经蔑视了道德，蔑视了人性。虽然集中营、焚尸炉已经不复存在，虽然数百万人死于种族灭绝的事已经成为历史，但现代社会的这种崇尚技术为导向的特点却一直伴随着我们。奥斯维辛已经成为历史，但我们并不能就此放松警惕，因为这种态度就好像糖衣炮弹一样，包裹在其中的是漠视生命的种种罪行。

我强烈建议大家仔细阅读一下描述新的特遣队员如何执行第一次任务这部分内容。他们的第一次任务就是把刚刚被杀掉的前任特遣队员的尸体扔到焚尸炉中。我也强烈建议大家思考一个问题，为何在目睹了第12批特遣队的暴动之后，第13批特遣队却没有任何反抗的迹象，没有任何作为，反而默默地走向死亡。

就是这场小小的暴动，造成70个纳粹党卫军的死亡，其中包括1名军官和17名士兵，也取得了一座焚尸炉被彻底摧毁、其他焚尸炉被严重毁坏的成果。当然，所付出的代价也是惨痛的，853名特遣队员无一生还。这足以证明一件事情，那就是特遣队员的身份使囚犯们有机会瓦解纳粹的统治，即使按照牺牲十个特遣队员就能干掉一个党卫军的比率计算，暴动也比坐以待毙划算得多。仅仅一支特遣队的暴动就给敌人带来如此重创，那么如果所有的特遣队都暴动起来，结果将如何呢？这支特遣队取得的成功为囚犯们做了示范，虽然他们最终没能活下来，但却杀死了那么多党卫军，而且摧毁了关押自己的营房。可为什么数以百万计的囚犯看到暴动的成功范例就在眼前，却仍然选择默默走向自我灭亡，这是所有集中营研究者心头挥之不去的疑问。

或许通过比较两位在集中营幸存下来的医生的记录，可以得到我们想要的答案。弗兰克医生被关押期间，一直不断地思索他作为集中营囚犯的经历，并寻找到他存在的意义以及人生的意义。而其他像尼斯利博士一样的幸存者仅仅在于能否苟活，甚至不惜为此帮助纳粹党卫军做极端恐怖的人体实验。他们虽然活着，却由于双手沾满了鲜血，经历了最可怕的一段时间，最终一事无成，人生毫无意义可言。他们终日惴惴不安，噩梦缠身，受到良心的谴责，人虽活，心已死。

整本书印证了一个古老的警句：那些为了身体苟活而不择手段的人，终究难逃一死；而那些为了生的希望而冒险奋力一搏的人，才真正有机会生存下来，并且永远活在我们心中。

布鲁诺·贝特尔海姆

声 明

本人米克洛斯·尼斯利,医学博士,德国集中营囚犯,声明本书中的一切内容属实,毫不夸张。我所写的内容涉及了一段人类历史上最黑暗的日子,在那段日子里,我被迫见证并参与了奥斯维辛的屠杀工作,数百万的成人和孩子在那里被屠杀并被焚尸。

作为奥斯维辛集中营的主治医师,我草拟了许多册解剖人体以及医学研究方面相关的卷宗,并在上面签上了我自己的编号。这些卷宗经我的上级门格勒博士签字后寄给柏林达勒姆生物和人种研究所(Berlin-Dahlem Institute),那里被称为第三帝国最有资质的医学研究中心。即使是现在,仍可以在研究所的档案里找到这些卷宗。

在写这本书的时候,我并没有在义学的角度上考虑太多。在我经历那些恐怖得根本无法想象的事情的时候,我的身份是医生而不是作家,现在我要把它记录下来,也只会站在一个医生的角度,而不是站在一个记者的角度。

米克洛斯·尼斯利

01 抵达奥斯维辛

那是1944年5月,囚犯们被用来装载牲畜的闷罐车押运,前往纳粹集中营。每个车厢中塞进去90个人,车厢牢牢上着锁,车上便桶里的排泄物由于太满而溢出来,大小便的恶臭充斥着运送的路途,挥之不去,让人无法呼吸。

这是一支运送被放逐的犹太人的车队,整整四天,四十辆一模一样的囚车昼夜不停地前行。车队先是穿过斯洛伐克,接着穿过中央政府的管辖范围,把我们载向未知的目的地。我们只是第一批数百万被宣判死刑的匈牙利犹太人当中的一部分。

车队经过塔特拉之后,穿过了卢布林(Lublin)和克拉科夫(Krakau)。这两座城市在战争期间被当做重组营,它们还有一个更确切的名称:集中营。在这两座城市,所有反对纳粹的欧洲人被集中起来,按人种分类,最后遭到灭绝。

经过克拉科夫之后不到一个小时,车队在到达一个重要的地方之前停了下来。当我看到几个哥特体字母拼出了我们从未听说过的"奥斯维辛"（Auschwitz）这个单词之后，我心中隐约觉得不寻常的事情要发生了。

透过囚车的缝隙，我注意到车队发生了一些变化。一直跟随我们的纳粹党卫军换成了其他人，车上的工作人员也离开了车队。从别人断断续续的谈话中我捕捉到一些端倪，我们将很快到达此行的终点。

车子随后又发动起来。20分钟之后，伴随着从车头发出的一声长长的、尖锐的哨声，整支车队最终停了下来。

透过车上那条缝隙，我看到一片荒漠般的情景，土地是微黄色的黏土，就像西里西亚东部的那种，上面间歇点缀着几棵绿树。混凝土电线塔并行排列，绵延到天际，其间布满了高高的带刺的铁丝网，铁丝网上面有着明显的标示"高压请勿靠近"。这些电线塔与铁丝网围成一个个巨大的方形广场，每个广场上都有覆盖着绿色沥青纸的营房，它们有规律地排列着，在广场中间划出长长的规整的道路。路网与遍布两旁的营房一眼望不到边，直到视线的尽头。

营地里，囚犯四处走动，有些人身穿粗麻布条纹囚服，有些人穿得破破烂烂，有些人在搬运厚木板，有些人则挥舞着镐头和铁锹。在远处，还有一些人正在将粗壮的树干抬上卡车。

沿着带刺的铁丝网，每隔三四十米就有一个高高的瞭望塔，每个瞭望塔上都有一个党卫军警卫，以及一台架在三脚架上的机枪，警卫站在机枪旁边，随时准备射击。这就是当时的奥斯维辛集中营，或者用日耳曼人的话来说，叫"KZ"（全称为"Katzet"），你知道的，他们什么都喜欢用简称。一开始看到的景象无法令人心生鼓舞，但至少当时的好奇心胜过了恐惧。

我看了看与我一起进来的人，我们这个小组里有26名医生，6名药剂师，6位年轻的女士，我们的父母、孩子和亲戚，以及一些老年人。他们或者坐在行李上，或者坐在车的隔板上，面无表情，精神萎靡，他们的脸上透露出一种不祥之兆，就算是刚到陌生地方的兴奋感也不能打消他们的疑虑。几个孩子睡着了，有些醒着的孩子用力地咀嚼着我们仅剩的食物，其他的孩子没的可吃，只能用舌头舔舔已经干裂的嘴唇。

沉重的脚步声在外面嘎吱嘎吱响起，大声的命令打破了枯燥的等待。牢牢锁着的车门终于被打开，伴随着缓缓滑开的车门，我们已经能够听到传来的对我们的命令声。

"所有人下车！只能拿随身行李，所有大件行李都留在车上！"

我们跳下了车，然后转身接住我们的妻子和孩子，因为车厢离地面太高了，接近1.4米。警卫让我们沿着轨道排成一列。站在我们面前的是一名年轻的党卫军官，制服非常精致合身，一枚金色的徽章优雅地点缀在他的翻领上，他的军靴闪闪发亮。虽然我对纳粹的各种军衔等级并不太熟悉，但从他的臂章推测他应该是个医生。后来我才知道他是集中营党卫军的首领，同时也是奥斯维辛集中营的"主任医师"，门格勒博士。作为集中营的"医生筛选者",他在这里等待每一趟运送囚犯的列车。

在接下来的时间里,我们才真正明白在奥斯维辛,所谓的"筛选"是什么意思。在随后的各个阶段里,有的人幸运地经历了"筛选"而未死,但有的人却命运不济。

一开始的时候,党卫军根据性别快速把我们分成两组,只让14岁以下的孩子跟着他们的母亲。恐惧很快淹没了我们,但警卫却用一种慈父般和蔼的语气回答了我们焦虑的问题:"没什么可担心的,按照惯例,他们只是去洗洗澡,消消毒,然后回来与你们团聚。"

当警卫给我们分组的时候,我有机会四处看看。在夕阳的余晖下看到的景象,与我在车里透过缝隙看到的景象有所不同,要更加怪异并且充满危险。有个东西一下子就吸引了我的眼球,那是一个用红砖砌成的巨大的方形烟囱,下粗上细。它立在一幢双层建筑上面,看起来就像是奇怪的工厂烟囱一般。烟囱顶端的四个角上都装着避雷针,避雷针中间冒出的巨大火舌使我吃了一惊。我甚至想象,大概只有地狱里煮饭才需要这么大的火焰吧。突然,我意识到我是在德国的地盘上,这里遍地都是焚尸场。我在这个国家生活了十年,从医学学士到医学博士,我清楚地知道,在德国,再小的城市都配备了焚尸场。

所以,这座"工厂"应该就是焚尸场。不一会儿,我看到了第二个带着烟囱的建筑物,然后,在灌木丛后又发现了第三座。这时候,一阵微弱的风卷杂着烟气向我吹来,瞬间,我的鼻子里、喉咙里全都是令人作呕的味道,我知道那是焚烧肉体、烤焦毛发的味道。那里有太多值得深思的地方，但容不得我多想，第二阶段的"筛选"已经开始了。我们站成一队，男人、女人、儿童、老人依次通过筛选委员会。

"医生筛选者"门格勒医生做了个手势，所有人被分成两组一字排开。左手边的一组是老人、残疾人、病人以及带着14岁以下儿童的女人；右手边的一组由身强力壮的男性和女性组成，因为他们可以干活。在右手边的队伍末尾，我看到了我的妻子与我14岁的女儿，我们不能再通过言语和对方交流，只能简单地做做手势。

那些身体过于虚弱、上了年纪以及疯疯癫癫的人都被送上一辆有红十字会标识的"救护车"。我所在的这一队中，有一些年龄比较大的医生询问他们是否也可以进那种车里，但没人答复他。"救护车"离开后，左手边的一组按照警卫的指示，排成五列，从侧面离开了。几分钟后，我们的视线被浓密的灌木丛阻断，他们消失于灌木丛后。

右手边的一组留在原地。门格勒博士命令所有的医生向前迈一步，这样形成了一个新的队伍，大约有50人。他又问有谁曾在德国的大学学习过，谁具备完备的病理学知识，并且精通法医，他命令这些人再向前一步走。

"请仔细考虑，"他补充道，"你们必须能够胜任这项任务，要是你们名不符实的话……"他那威胁的手势使我们不敢多想，我瞥了我的同伴们一眼，他们可能被吓傻了。这有什么关系！我已经在心中作好了决定。

我走出队列，举荐了自己。门格勒博士问了问我的身高，在哪里就读，我的病理学导师是谁，我是如何习得法医学知识的，我实际操练多久了等等。很明显，我的回答令他很满意，他立刻让我出列，并命令其他人回到队伍中去。现在，我必须声明一个我当时还不知道的事实，那就是左手边的队伍和"救护车"在随后几分钟驶进了焚尸场的大门，那些车上的人无人生还。

02 编号 A8450

我与其他人分开之后，独自待了一会儿，我想到了我在德国奇妙又曲折的命运，我曾在这片土地上度过了我生命中最快乐的日子。

现在，我头顶的天空月朗星稀，微风徐徐吹过，令人精神焕发，只不过，偶尔还会从第三帝国的焚尸炉中飘来尸体燃烧的气味。要是它没有卷杂着尸体燃烧的气味该有多好！

混凝土电线塔顶端的数百个探照灯射出了令人目眩的光线，仿佛织成了一张网，在这张光网后面，我感觉空气也变得凝重了，仿佛厚厚的面纱包裹着集中营，在这张面纱下面，只能看出营房的轮廓。

现在，运我们来的车上已经没有人了。有些身着囚服的人出现了，他们把我们留在车上的大件行李搬下了车，然后放在旁边的一辆卡车上。随着夜幕缓缓拉启，40节车厢慢慢地消失，直到完全融入周围黑暗的夜色当中。

门格勒博士给党卫军下达最后一个指令后，就钻进了小汽车，坐在驾驶室里，并示意我也上车。我上车以后，坐在一个党卫军官身旁，然后我们就出发了。小车疯狂地沿着泥泞的道路向前奔驰，整条路都是被碾压出的车辙和雨后的水洼，车身剧烈地上下晃动。车子越开越快，明亮的探照灯在我们身边飞快地掠过，不久之后，车子在一扇装了防弹钢板的大门口停了下来。门格勒打了个手势，一个党卫军哨兵跑过来，打开了大门，让这辆他们很熟悉的车进去。我们沿着主路继续往前开，道路两侧都是军营，几百米后，车子在一栋看起来比较好的建筑物前再一次停了下来。通过入口处的标志我知道这里是"营地指挥部"。

进入指挥部以后，我看到几个人正坐在办公桌前工作，他们的眼睛中露出深邃、精明的目光，面容精致，身着囚犯的制服。他们看到我们进来以后，马上站起来，立正站好。门格勒博士走向其中一个人，他大约50多岁，头顶光光。由于我站在一个党卫军中队长身后几步远的地方，所以没有听清他们聊些什么，只看到那个人频频点头。后来我才知道，他是F营地的医生，森特·凯勒博士。按照他的要求，我走到另一张办公桌前，桌子后面也坐着一个囚犯办事员，他翻了翻抽屉，找出一些档案卡，然后问了我几个问题，把问题的答案记录在档案卡上，另外记录一份放到一本厚厚的文件簿里，然后把档案卡递给了一名党卫军警卫。随后我们离开了这间屋子。经过门格勒博士的时候，我微微鞠了一躬。

看到我的行为以后，森特·凯勒博士克制不住地提高了音调，看似无意却又充满了讽刺意味地说："这种客套在我们这里就免了吧，在集中营里，你只要做好你自己的工作就好了，不需要这种客套的礼节。"

一个警卫过来，把我带到了另一个营房，营房的入口处写着"浴场及消毒"，在这里，我和我的档案卡被交给另一个警卫。这时候，一个囚犯过来拿走了我的医用包，搜了我的身，然后让我脱掉衣服。一个理发师过来先把我的头发理光，然后又全部剃掉我身上的其他毛发，随后把我送到了浴室。他们用氯化钙溶液帮我洗头，有一些液体跑到我的眼睛里，烧得很难受，以至于有好几分钟我都无法睁开眼睛。

在另一个房间里，我的衣服被换成了厚重、几乎全新的外套和一条条纹长裤。他们把我的鞋在一个盛着氯化钙溶液的容器里浸泡了一会儿，然后还给了我。我试了试新衣服，发现还挺合身（不知道在我之前，哪个倒霉蛋穿过这套衣服）。在我还没反应过来的时候，又有一个囚犯过来拉起我的左手袖口，核对了一下我的档案卡上的数字，用一个装满蓝色墨水的器具在我的胳膊上熟练地印上一组文身记号。一连串小小的、淡蓝色的斑点立刻显现出来。

"你的胳膊可能会有点儿肿,"他安慰我说,"但一周之后就会消肿,那时候,数字就会看得很清楚了。"

所以,我,米克洛斯·尼斯利博士已经不再存在于这个世上了,取而代之的是集中营囚犯,A8450号。

突然我的脑中浮现出另外一幕,十五年前,在布雷斯劳(Breslau)弗雷德里克·威廉大学医学院(Medical School of Frederick Wilhelm University)的毕业典礼上,院长一边把我的学位证书递给我,一边握着我的手祝我前程似锦,并送上了这样一句话:"这是来自评审委员会的祝贺。"

03　死人也要站着点名

到目前为止，我觉得状况还可以，我还能忍受。门格勒博士希望我能够作为一名医生开展工作。我可能会被派往德国的某一座城市，代替那里的德国籍医生，因为他随军服务，他的工作内容涉及病理学与法医学。当然，更令我充满希望的是，因为有门格勒博士的指示，所以我可以穿舒服的便装，而不用穿囚服。

虽然已经过了午夜，但在好奇心的驱使下，我还没感觉困倦。我认真地听着营房首领说的每一个字。他知道集中营的完整组织结构，知道每个营房的指挥官的名字，知道哪些囚犯工作在重要的岗位上。我就是在这个时候知道奥斯维辛集中营并不是一个劳工营，而是第三帝国最大的集中营。他也和我讲起了每天发生在医院和营房中的"筛选"，就是数以千计的囚犯被装上卡车，运往几百米远的焚尸炉被灭绝。

从他的讲述中,我慢慢了解到营房中的生活是什么样子的。每个营房都分成好多层,在这个狭窄的空间中要塞进800至1000人。由于肢体无法伸展,所以他们睡的时候朝着各个方向,层层叠叠,一个人的脚可能在另一个人的脑袋、脖子或者胸口上。他们互相推搡着,只为了争取哪怕一寸的空间,好让自己睡得不那么难受,完全丧失了人类的尊严。就算是这样,他们也根本睡不了多长时间。凌晨3点,起床号就会响起,然后警卫就会挥舞着橡胶棒,把他们从所谓的"床"上驱赶起来。睡眼蒙眬中,所有囚犯从营房中走出,互相用手肘推搡着挤作一团,又很快在营房外列队等候。紧接着,就开始了集中营中最不人道的项目:点名。所有的囚犯排成五排,有人负责在旁边维持秩序。营房的看守按照身高把囚犯们排好队,高个子站在前面,矮个子往后站。接下来,另一个看守到了,他是负责当天值班的看守,他一来就挥舞着拳头乱打一通,把那些高个子推到后面,又把一些矮个子揪到前面来。终于,营房的首领到了,衣着得体,肥头大耳。他也穿着监狱的囚服,但他这一套要干净和平整许多。他停顿了一下,傲慢地扫视着队列,看是否已经一切就绪。一般来说,这个时候当然还没准备好,所以他就开始冲着那些站在前排的人们挥舞拳头,比如有几个人正在用手扶眼镜,他把他们推到后面去。你要问为什么?没人知道。甚至可能都没人去想为什么，因为这里是集中营，没有原因，甚至没有人去问原因。

点名的过程持续数个小时。他们来来回回要点十五次名，从前到后，从后到前，从左到右，从右到左，用任何他们能想到的顺序点名。如果有一行没对齐，那么整个营房的囚犯都要蹲下一个小时，这可不是简单的蹲，他们的手要举过头顶，他们的腿因为疲劳和寒冷而不断地打战。就算是在夏天，奥斯维辛的黎明也是非常寒冷的，囚犯们薄薄的粗布灰囚服根本没有办法防雨，也没法抵御寒冷。不管是冬天还是夏天，点名都从半夜 3 点开始，一直持续到早晨 7 点，这个时候，党卫军到了。

营房的首领真可谓是党卫军的走狗，他们一般是普通刑事罪犯，肩上佩戴绿色的徽章，用以和其他普通的囚犯区分。首领立正时把裤腿踢得啪啪作响，向党卫军汇报他所管辖的人员名单。接下来就该党卫军检查营地的囚犯了，他们数了数列队数，然后把数字记录在随身携带的本子上。如果营房中有人死掉了，那么尸体也得列队迎接检查，不光要点名，还要查看身体，这个时候，就由两个活着的囚犯扶着站立的尸体，尸体全身亦裸，直到整个点名项目结束。一般情况下，一天会有五六个人死去，有时候会多达十个人。所以，无论是活人还是死人，囚犯的规定人数必须对上，无论是实际人数还是记录的人数。特遣队的工作就是把死尸扔到焚尸炉里去，如果有的时候由于死掉的人数太多，而特遣队又没来得及马上把尸体送去焚化，那么这个死人就要在点名的时候出现好多天，直到特遣队把它送去火化。只有那时，才能把他的名字从名册上划去。

当我知道这一切之后，我对于自己当时大胆出列的行为一点儿都不后悔。正是由于我第一天就被选出来当了医生，我才不至于在混乱中失去性命，才能逃脱陷入污秽的隔离营的命运。①

多亏了我的便装，我才能够保持人类的尊严，在这个夜晚我才能够安稳地睡在医疗室的床上，医疗室所在的第12号营房也被称为"营地医院"。

早晨7点的时候，起床号吹响了。我这个部门的医生和"医院"里所有能行动的人员都在营房前集合，站成一排，等待清点。这一过程大概两三分钟就会结束。他们也会清点那些卧床不起的病人，或是在前一天晚上死去的人。同样，在这里，死人也被活人架着迎接检查。

我们就在自己的房间里吃早餐。这时，我遇到了我的两个同事利维博士与格拉斯博士。利维博士是12号营房的首席医生，他是斯特拉斯堡大学（University of Strasbourg）的教授，格拉斯博士是他的助手，是萨格勒布大学（University of Zagreb）的教授。他们两位医生都是非常优秀的医务人员，

---

① 当时第一天"筛选"时站在右手边的一列囚犯先被送往隔离营，在那里，他们沐浴、消毒、理发，换上囚服，然后被送往营地各处。——译者注

因技术精湛而闻名整个欧洲。

虽然这里几乎没什么药品,也缺少必要的仪器,甚至连最基础的消毒与灭菌环境也无法保障,而且他们自己也身陷囹圄,但他们无视劳累与危险,尽力照顾每一个病人,缓解他们的同胞所受的痛苦。

在奥斯维辛,就算是一个健康的成年人,在经历了三到四周的饥寒交迫、污秽环境、风吹日晒以及不人道的高强度劳动后,身体也会垮掉。更别提那些刚入营时身体就有疾病的人了。在这样的环境下,囚犯常常会怀念入营以前的正常生活,医生也是如此。他们全身心地奉献出熟练的专业技能。他们为所带领的医疗队做出了很好的榜样,医疗队由六名医生组成,他们都是来自法国或者希腊的年轻的医生。他们已经在这里待了三年多,这三年来,他们忍受了很多,每天吃的是夹杂着锯末的野生栗子夹心面包,他们的妻子与孩子、亲戚与朋友刚到这里就被屠杀了,更准确地说,是被焚烧了。要是当时他们也被"筛选"到右手边的那一组去的话,那么可能经过两到三个月的痛苦的折磨,他们就会在火中化为灰烬。

在克服了绝望、放弃、冷漠之后,他们怀着极大的奉献精神去尝试帮助那些将命运托付在他们手中的死囚。也正是因为这样,所以这座营地医院里的囚犯们被称为"活死人"。只有那些病入膏肓的囚犯才会被送到这里来。他们大多数骨瘦如柴,已经严重脱水,极度虚弱,嘴唇干裂,面部浮肿,并伴有无法治愈的痢疾。他们的身体上到处都是巨大的恶心的毒疮,很多都已经化脓溃烂。这就是集中营里的病人,这就是医生们不得不关心和安慰的病患。

04　吉卜赛实验营

我仍然没有接到明确的工作任务。有一天,在一个法国医生的陪伴下,我绕着整个营地转了一圈,我注意到一个分营的一边露出一部分附属建筑。从它的外观看,很像是一间工具房,但在里面,我看到一块还没有刨平的厚木板,像是一个桌面,差不多有一个人头的高度。我还看到一把椅子、一箱解剖工具以及角落里的一只桶。我问我的同伴,这些是干什么用的。

"那就是集中营里唯一的解剖室,"他说,"已经有一段时间没人用这里了。实际上,我不知道集中营里哪个医生有资格使用这间解剖室,当听说你的出现和门格勒博士的计划正好吻合的时候,我还有些惊讶呢,他希望你能在这里再执解剖刀。"

我突然整个人都泄气了,我曾幻想无数次我穿着白大褂在现代化的解剖室里工作的情景,但我无论如何也没想到我要在这里做这些事情。在我整个行医期间,我还从未在这样的情况下工作过,房间里几乎没有任何设备,解剖工具也欠缺很多。就连我曾经经历过一些跨省的凶杀案与自杀案,需要现场解剖尸体时,装备也要比现在好得多。

但不管怎么样,我决定听天由命,接受任何可能发生的事情,在集中营里,这已经是个很好的职位了。但我还是没想明白为啥在这么脏乱差的地方工作,他们却要给我一套几乎全新的便装,这说不通啊。但我决定不把时间浪费在这些想不清楚的事情上了。

还是在这位法国医生的陪伴下,我透过铁丝网望了望营地的另一边。赤裸的皮肤黝黑的孩子们在奔跑、玩耍。身着艳丽服装、长得像克里奥尔人①的女人与半裸的男人们成群地坐在地上,一边聊天一边看着孩子们玩耍。这就是著名的"吉卜赛营"。第三帝国的人种学家将吉卜赛人定义为劣等种族。因此,无论来自德国,还是其他被占领的欧洲国家,他们被聚集在一起,然后流放到这里。因为他们信奉天主教,所以他们获得了和家人居住在一起的特权。

他们一共约有4500人。他们不需要劳动,但是被分配了看管旁边犹太营的工作。在那里,他们滥用职权,残暴至极。

---

① 克里奥尔人(Creole)原指出生于美洲的欧洲白人后裔,也指讲法语与西班牙语混合语的黑白混血儿。——编者注

吉卜赛营其实是一个奇特的实验营，这个研究工作实验室是由爱泼斯坦博士主建的，他在1940年成为集中营的囚犯，曾是布拉格大学（University of Prague）的教授，也是享誉世界的小儿科医师。他的助手是班德尔博士，来自巴黎大学医学院（University of Paris Medical School）。

在这里进行三类医学实验。第一类研究双胞胎的起源与诱因，这是由于十年前迪翁的五胞胎[①]的出生引起的研究，一直持续到现在；第二类研究矮人和巨人的生物学与病理学原因；第三类是一种被称为"面部干性坏疽"的诱因与治疗方法的研究。

这种可怕的疾病非常罕见。通常情况下，普通人几乎不会遇到这种疾病，但在吉卜赛营的幼儿与青少年中间却非常普遍。由于它的流行，研究得以方便地开展与进行，医生也希望能够找到一种治愈它的有效方法。

根据已有研究建立的医学概念来看，"面部干性坏疽"通常伴随麻疹、猩红热和伤寒症出现。但这些疾病以及营地糟糕的卫生条件，看起来只是有利于其发展的因素，因为这种疾病也发生在捷克人、波兰人和犹太人营地。不过这种疾病却在吉卜赛儿童中非常流行，由此推断，这种疾病的出现一定与遗传性梅毒有直接相关性，因为吉卜赛营梅毒的发病率非常高。

[①] 1934年，加拿大安大略一户农民迪翁生下五胞胎，她们是当时世界上唯一存活的五胞胎，引起国际轰动。——编者注

通过这些观察,一种新的很有前景的治疗方法被发明出来。这种治疗方法将两种药品混合使用,分别是疟疾针剂与一定剂量被称为"新胂凡钠明"的药品的混合。门格勒博士每天都要到这个实验营来,亲身参与研究的各个阶段。配合他开展研究的是两个囚犯医生和一个名叫迪娜的画家,她的画技真是一笔巨大的财富。迪娜是布拉格当地人,已经被关在集中营里三年多了。作为门格勒博士的助手,她享有其他囚犯根本不能享受的特权。

05　一场解剖测试

　　门格勒博士对行使其职责不知疲倦。他每天要在实验室工作很长时间，然后匆匆赶到卸货站台，在那里，每天会运来四五车被放逐的匈牙利人，这就会让他忙活半天。
　　这些新到的囚犯们排成五列纵队，在党卫军警卫的押送下，不断向前行进。我看到其中一队走到营地，然后排队站好。虽然我所在的位置离那个营地还有点儿远，我的视线也被铁丝网阻隔，但我仍能看出这一队人应该是从大城市来的：他们的衣着非常考究，很多人都穿着新的府绸雨衣，他们携带的行李箱是用豪华的皮革制作的。无论他们生活在哪座城市，他们都应该成功地为自己创造了舒适的生活方式，尊贵而有教养。但恰恰因为这样，他们才付出昂贵代价，那就是进到了集中营。
　　即使门格勒博士身兼数职，他仍然给我留出了专门的时间。几名囚犯组成的运输小队推着一辆手推车,停到解剖室的门前,卸下了两具尸体。他们胸口的字母 Z 和 S 表示他们将被解剖,那是用一种特殊的粉笔做的记号,代指"解剖"(Zur Seltion)。12 营区的看守安排了一个机灵的囚犯协助我,我们一起把其中一具尸体放在解剖台上。我注意到尸体的脖子上有一条黑色的痕迹。他是被勒死的,可能是自杀,也可能被处绞刑。

我又快速地看了一眼第二具尸体,那是由于电击而引起的死亡,大体上是根据浅表皮肤灼伤以及它们周围泛出的淡黄红色作出的判断。我怀疑他自己撞上了高压电线,或者被别人推了上去,这两种情况在集中营里很常见。

其实无论是自杀还是被别人干掉,手续都是一样的。晚上点名的时候,死者的名字会从名册中删去,他们的尸体会被装上"柩车"送往营地的太平间。在那里,每隔四十到五十天,会有另一辆卡车来把所有尸体运走,然后送去火葬。

门格勒博士派人送来的这两具尸体是我的第一份实验品。在尸体送来的前一天,他还告诫我要仔细工作,做出成绩,所以我将尽我最大的努力执行他的命令。

一辆汽车停在营地前,从营地里传出了"立正"的命令声,门格勒博士和两名高级党卫军军官到了。他们认真听取了营地看守和医生的报告,然后直接奔着解剖室而去,身后跟着两名营地里的囚犯医生。他们在解剖室里转了一圈，好像这里就是某个重要的医学中心的病理学教室，手边是一个特别有趣的案例。

我突然意识到，我现在就在参加一场测试，在我面前的就是评审委员会，非常重要却又极其危险的评审委员会。我也注意到，我的囚犯医生同事们在默默地祝我好运。

在场没有一个人知道，我曾在博罗斯洛法医研究所（Boroslo Institute of Forensic Medicine）学习了三年，并在斯特拉斯曼教授的指导下研究自杀的每一种可能方式。我突然意识到，作为囚犯医生A8450，我可能会比米克洛斯·尼斯利博士更容易让人记住。

我开始解剖。我的步骤是先打开颅骨，然后打开胸腔，最后是腹腔。我把所有的器官都取了出来，然后逐一记下任何异常之处，同时迅速、准确地回答他们对我提出的大量问题。从他们的脸上可以看出，他们的好奇心得到了极大的满足；从他们频频地点头和赞许的眼光推测，我已经通过了测试。在完成对第二具尸体的解剖之后，门格勒博士命令我准备一下尸检报告，明天会有人过来取走报告。在党卫军军官与门格勒博士离开之后，我与我的囚友交谈了一会儿。

第二天，三具尸体被运到解剖室。同样的剧情再一次上演，但这次的氛围就不那么紧张了，因为他们已经看过我的操作，对我有一定的了解。那些到场的人表现出极大的兴趣，提了一些刁钻和挑衅的问题，在某些具体问题上，我们的讨论甚至是一种愉快的互动。

党卫军医生离开之后,好几个法国和希腊的医生给我打电话,希望我能够指导他们腰椎穿刺技术。他们也问我是否可以让他们在我的实验尸体上进行实体操作,我很乐意地应承下来。我为我的发现激动起来,即使是在狱中,他们仍然对自己的专业投入极大的热情,他们在尝试了六七次之后,终于穿刺成功,离去后,带着兴奋完成了当天的其他工作。

06 接管解剖室

接下来的三天里,我没有任何任务。我继续享受给医生分配的口粮,但我把大量的时间花在无聊的事情上,要么就是躺在床上伸直手脚,要么就是坐在离 F 营不太远的体育场的看台上。没错,就算是奥斯维辛也有体育场。但它只提供给第三帝国的日耳曼囚犯使用,他们在营地的不同部门中担任办事员的职务。

到了周日,体育场就会成为开展各类体育活动的娱乐中心,但在平时,这里几乎没什么人,空旷安静。一道铁丝网将体育场与 1 号焚尸场分隔开来。我急切地想知道,在高大的烟囱附近到底发生着什么,那里的火焰从来就没有停止过。我坐的地方一般看不到什么。接近铁丝网的主意也不太明智,瞭望塔上的机枪手会在有人无意走入禁区的时候毫无警告地开枪射击。

不过，我看到有一队穿着便装的人在焚尸场的院子里列队集合，就站在那座红砖建筑物前，大概有200个人，一个党卫军警卫站在他们前面，看起来像是在点名。我猜，这应该是日间执勤队在替换夜间执勤队。因为一个囚友告诉我说，焚尸场是24小时运转的，他还告诉我说，在焚尸场工作的小分队叫做特别派遣队，其含义就是做着特别工作的派遣人员而已。

他们好吃好喝，穿着便装而不是囚服。他们不可以离开焚尸场的地界，每隔四个月，当他们已经对这个地方非常熟悉，并且享受到一切特权之后，他们就被屠杀了。从集中营建立到现在，所有特遣队员的命运都是一样的，这就是为何这么多年来，这座集中营里发生的事情从来没有外泄的原因。

我返回12营区的时候，门格勒博士刚到。他驱车到来，营地的警卫列队欢迎，他把我叫过去，然后示意我上了他的汽车。这次没有警卫跟着我们，我还没有来得及和我的同事打个招呼，我们就离开了营区。汽车停在营地指挥部前，他让森特·凯勒博士把我的档案卡拿出来，接着汽车又行驶在崎岖不平的道路上。

大概12分钟之后，我们穿过了铁丝网围起来的大迷宫，然后驶进了一扇戒备森严的大门，也就是从一个营地驶进了另一个营地。直到这个时候，我才知道这个集中营的规模多么庞大，范围多么广阔。几乎没人能有机会察觉这件事情,因为绝大部分人就死在他们被送进来的营地里,再没有出去的机会。后来我才知道,在特定的时期,奥斯维辛集中营密封的铁丝网里关押了超过10万人。①

门格勒博士突然打断了我的沉思,头也不回地说:"我带你来的地方不是疗养院,但你会发现这儿的情况也不算太糟糕。"

我们离开营地,绕着犹太营卸货坡道开了大约300米远。在铁丝网围墙的保护下,一扇防弹钢板大门在警卫的身后缓缓打开,我们开了进去。在我们面前的是一个宽大的院子,地上覆盖着青草。碎石小径与松树的树荫将这里掩映得非常惬意。但就是在这个地方,在院子的尽头,矗立着巨大的红砖砌成的建筑物,耸立着冒着火舌的烟囱。我们身处焚尸场中,面前是营地的数座焚尸炉之一。我们还坐在车里,一个党卫军跑过来,向门格勒博士敬礼。然后我们继续前行,穿过整个院子,开进了焚尸场的大门。

"房间是否准备好了?"门格勒博士问警卫。

"是的!长官!"那名警卫回答道。

在门格勒博士的带领下,我们向那间房间走去。

刚才提到的那间屋子的四壁刚刚被粉刷完毕,阳光透过一扇巨大的窗户,将屋内照得亮亮堂堂的,但窗户却装

---

① 营地指挥官鲁道夫·赫斯曾在德国纽伦堡审判时证明,集中营最大限度可以关押14万囚犯。——译者注

上了防护栏。在看过营地的简陋之后，这里的装修使我大吃一惊。一张白色的床，一个白色的壁橱，一张巨大的桌子和几把椅子。桌子上铺着红色天鹅绒的桌布。水泥地板上铺着质地精良的地毯。我脑中突然有了这样的景象：特遣队员们粉刷了墙壁，然后摆放好之前由护卫队送来的桌椅家具。我与门格勒博士一同穿过一条漆黑的走廊，来到另一个房间。这是一间明亮的现代化的解剖室，墙壁上有两扇明亮的窗户。红色的水泥地板正中央是一个水泥基座，上面安放着用磨光的大理石制成的解剖台，旁边配备了几个排水槽。在解剖台的尾端安装了一个清理池，镀镍的水龙头散发着银色的光芒。在墙边，还有三个陶瓷的水槽。墙壁被粉刷成浅绿色，窗户同样安装着防护栏，而且覆盖着一层金属网，以阻挡苍蝇、蚊子等飞虫。

我们离开解剖室后又到了另一个房间，工作室。那儿有豪华的椅子和装饰画。在房间的正中，有一张盖着绿色桌布的大桌子，周围环绕着几把舒适的扶手椅，桌上还有三台显微镜。房间的一角开辟成藏书丰富的书室，摆放着最新版本的书籍。房间的另一角则是一个柜橱，里面整齐地存放着白色的工作服、围裙、毛巾和橡胶手套。简而言之，这里是任何一座大城市病理学研究所的翻版。

我看着这一切，由于害怕而感到浑身无力。在我刚才经过大门的时候，我就意识到，我已经走在了死亡的路上，一条很长的死亡之路将引领我走向地狱。我感到我已经迷失了。

现在我明白了发给我便装的含义，这是特遣队的制服，一支由"活死人"组成的特遣队！

我的首领准备离开了，他安排警卫尽可能满足我的要求，前提是在"实验"需要的情况下。整个焚尸场的党卫军对我没有任何管理权。厨房必须为我专门准备食物，我可以从党卫军仓库领取亚麻的换洗衣物。我还有权使用指挥部大楼里专为党卫军理发的地方清理头发和胡须。我也不需要参加每天早晚的点名。

我除了在实验室与解剖室工作外，还需要负责焚尸场全体人员的医疗工作，这包括大约120名党卫军以及860名特遣队囚犯。药品、医疗器械、医用敷料都由我来安排使用，数量充足。因此，为了让他们能够得到良好的医学照料，我需要每天前往焚尸场"看望"各种病患，有的时候需要一天查看两次。在早晨7点至晚上7点之间，我需要奔走于四座焚尸炉之间。我每天得写一份报告，向党卫军指挥官和特遣队二级小队长墨斯菲尔德汇报每天的生病人数、卧床不起的人数以及紧急救护的人数。

在听到我的职责与权利的时候，我几乎瘫痪了。在这种情况下，我恐怕是集中营里最重要的角色了吧，要是我不在特遣队就好了，要是这一切都没有发生在"1号焚尸场"就好了。

门格勒博士不辞而别。无论一个党卫军官或士兵的职位有多低,他都不需要向一个集中营囚犯打招呼。我锁上解剖室的门后离开了那里,从现在起,这里就是我的地盘了。

我返回自己的房间,坐了下来,想要理清我的思路。这一点也不容易。我从很久以前开始回想。我在家中无拘无束的景象又浮现在我的眼前。我能看到整洁的小房子,洒满阳光的阳台与宜人的房间,在那里,我曾在我的病人身上花了很长的时间,努力医治他们,在得知我能够为他们带来舒适和力量之后,我备感欣慰。在那里,我也与我的家人度过了幸福的时光。

我已经与他们分开一周多的时间了。他们去哪儿了?是不是迷失在这座巨大的集中营中,无名无姓,像其他人一样被这个地狱吞噬了?我的女儿是不是还和我的妻子在一起,还是她们也已经分离?我的父母又怎么样了?我曾想给他们一个幸福的晚年。我的亲妹妹又在哪里?在我们的父亲生病的时候,我曾像对待自己的女儿一般照料她。那些照顾他们、帮助他们的日子虽然愉快,但却一去不复返了。我对他们的命运没有丝毫怀疑。回想起开往奥斯维辛的四十辆车,他们当然就在其中一个车厢里,停在装卸犹太人的站台。门格勒博士随便挥了挥手,我的父母就被分到左边一列,我妹妹也被分在那一列,即使她被命令站到右边去,她可能也会跪着乞求能够回到我们的母亲身边。这样,她就会如愿以偿,用眼眶中的泪水表示感激。

我到来的消息像是野火般迅速传遍了整个焚尸场,被分配在这里的党卫军和特遣队员们都来拜访我。最初来的是两个党卫军士官，他们个子非常高，样子看起来很好斗。我知道我所表现出来的态度会左右他们以后对我的态度。我回想起门格勒博士走时交代的话：我只对他负责。因此，我把这次拜访当做一次出于礼貌的私人会晤，所以我没站起身来立正迎接。我和他们打了招呼并请他们坐下。

他们在房间的中间停了下来，然后上上下下地打量我。我感觉到这一刻的重要性，这将是我留给他们的第一印象。对我来说，我刚才的行为举止是礼貌的，他们僵硬的面部肌肉微微有些放松，然后他们漫不经心地坐了下来。

我们聊天的范围极其有限。我此行如何？我在集中营里的任务是什么？这些问题他们都不能问，因为答案会让他们感到窘迫，而政治、战争和集中营中的情况则是我不能开口询问的。不过，我倒没怎么觉得困扰，因为我在战前的德国待了这么多年，积累了大量的谈资。他们一定会惊异我的德语说得这么好，或者至少注意到我比他们更加有礼貌。我很快就意识到，虽然他们在我面前极力掩饰，但我的一些表达是他们没办法理解的。我非常了解他们的国家，懂得他们的生活方式和他们生活的家园，懂得他们的宗教信仰和道德理念。所以聊天对我来说不算太困难。我有一种感觉，这次测试我也通过了，因为他们离开的时候带着笑容。

又有拜访者来到了，这次来的人穿着便装，胡子刮得很干净，衣着也比较时髦，是一名囚警总管①和他的两个手下。这次仍然是一次礼节性的拜访。我了解到他们就是帮我准备房间的人。他们听说我到了，所以过来邀请我一起吃晚饭，见一见其他的特遣队员。

实际上，马上也到晚餐时间了。我跟着他们到了这栋建筑二楼的一间屋子。他们就居住在这里，沿着两边的墙壁排列着舒适的铺位。床是木头的，未上漆，但床上铺的却是丝制床罩，摆放着绣花枕头，闪闪发亮。这些绚丽、昂贵的床上用品与这里的氛围完全不协调。这些东西应该不是给这儿准备的，而是由之前的特遣队员带过来的。特遣队有特权从仓库领取并使用这些物品。

整个房间都被笼罩在耀眼的光芒中，在这里，他们没必要像营房那样节约用电，两排床铺的中间留出了过道。只有一半的特遣队员在屋里活动，另一半大约100多人夜班当值，他们绝大部分在睡觉，其他没睡觉的，也正在读书。这里有很多书，我们犹太民族的确喜欢读书。每个囚犯都会带几本书进来，书的数量和种类取决于他的智力水平和受教育程度。带书进来并且可以读书是特遣队员的另一项特权。在集中营里，如果有人被抓到读书可被判罚20天的单独监禁，就是关在一个刚好容纳一个人站进去的岗亭里。

---

① 囚警是囚犯警察的缩写，囚警总管一般来说是正在服刑的德国籍非政治罪囚犯。他们中一些人试图帮助自己的囚友，但大部分人是党卫军的帮凶。——译者注

当然，前提是之前的杖刑还没有使他丧生。

让我们为之一振的是面前这张铺着厚厚丝制锦缎台布的桌子，精工细制的瓷盘，还有很多曾属于被驱逐者的银制器具。桌子上堆满了各种各样精致的盘子，盘子里装着所有被驱逐者带进来的好东西，各种腌肉、培根、果冻、好几种意大利香肠、蛋糕和巧克力。通过食物上的标签，我注意到这些食物原本属于匈牙利的被驱逐者。那些易变质的食物在其所有者死了之后就自然而然地留给了仍然活着的继任者，这便是特遣队队员。

围绕桌子而坐的是囚警总管、工程师、司机首领、特遣队长、"拔牙特遣队"以及黄金冶炼工。他们的欢迎使我感到非常亲切。他们把所有的好东西拿出来分享，所有东西都很丰富，因为匈牙利流放者们不断到来，甚至到来的速度不断增长，他们随身带着大量食物。

然而，我却觉得口中的食物难以下咽。倒不是因为食物不好吃，而是因为我无法停止想起与我一同受难的伙伴，来到这里之前，他们也整理和准备了所需物资。他们也曾感到饥饿，但在整个行程之中却一直强忍着没有吃东西，而把仅有的口粮留给他们的父母、孩子以及未来困难的日子。然而，未来困难的日子对他们来说却永远不会到来了，他们的食物现在就摆在我们的餐桌上，焚尸场大堂中的食物一直很丰富。

我喝了一些混有朗姆酒的茶，几杯之后，我放松了下来。脑海里那些折磨我的事情慢慢消散了，我的思维放空了。一股浓浓的暖意浸透了我，酒精的作用如此撩人，像是母亲的手抚摸着我。

我们抽的烟也是"匈牙利进口"的，要知道，在营房里，一支烟与一个面包等值，而在这里，桌子上码放着上千条烟。

我们的交谈越来越投机。波兰人、法国人、希腊人、德国人和意大利人围坐在桌边。因为我们都懂德语，所以德语成了我们的通用语言。在交谈中，我了解了焚尸场的历史。数以万计的囚犯用石块与水泥搭建了这个地方，建成的时候，正是极端寒冷的隆冬时节。每块石头都染上了他们的鲜血。他们夜以继日地劳动，食不果腹，衣不蔽体，才按期完成任务。所以，在这座死亡工厂里，建造者们成了第一批受害者。

焚尸场建成已经四年了。无数人被运到这里，从他们爬下车厢的那一刻起，就相当于跨进了焚尸场的大门。现在的特遣队已经是第12特遣队了，我大概了解了之前那些特遣队"统治"时期的英雄事迹。我也不断被提醒一个我已经知道的事实，那就是现在每个特遣队员的寿命最多只能再活四个月。

他们当中如果有人是信仰犹太教的，那么当他们刚刚进入特遣队的时候，就要开始为死亡准备净化仪式了。死亡会准时地光顾他，就如同准时光顾之前所有的特遣队员一样，绝不迟到。

几乎已经到了午夜。围聚在桌前的人已经厌倦了白天的工作与夜晚的酒精。我们的对话变得越来越无趣，一名巡视的党卫军提醒我们，该是睡觉的时间了。我与这些新认识的同伴告别后，回到了我的房间。多亏了朗姆酒和我疲劳的神经，我度过了在这里的安静的第一夜。

07　浴场和消毒室

一阵刺耳的汽笛声从站台的方向传来。现在时间还早。我走向窗边,透过窗户可以直接看到轨道上停着一列很长的火车。几秒钟后,车门缓缓滑开,车厢内涌出成千上万被放逐的犹太人。他们站成一排,在经过了半个多小时的"筛选"后,左边一列的人排好队慢慢离开了。

门外突然响起了命令声,我在屋里都能听到一阵急促的脚步声。声音来自焚化室,他们已经准备好迎接新的到来者了。马达开始轰隆作响。巨大的通风机开始向炉口鼓风,使得焚尸炉能够升到理想的温度。十五台通风机同时工作,每台通风机对准一个焚尸炉。焚化室大约 150 米长,是一间明亮的、粉刷得白白的屋子,水泥地面,窗户上装有防护栏。这十五个焚尸炉位于红砖砌成的门洞中,在一面墙壁上一字排开,巨大的铁门闪闪发亮,放射出阴森森的光芒。

大约五六分钟以后，被押送的队伍到了，弹簧门向内打开。

五列纵队排着队伍进了院子，在这一刻，人们肯定不知道发生了什么事。就算有人经过这300多米的路程，在从卸货坡道到这里的路上猜到等待他的命运是什么，那他也不可能再向世人透露这个秘密了。当时被分配在右边一列的人或许会听到这样的安慰，"左边这列是被送往专为体弱病人与妇孺准备的营地，在那里他们会得到很好的照料。"这完全是德国人在扯谎。他们就是被送到了这里，营地的焚尸场之一，然后再也回不去了。

他们拖着缓慢、疲倦的脚步前进着。孩子们睡眼惺忪，拽着母亲的衣角。再小一点的婴儿就被父亲抱在怀中，或是放在婴儿车中推进来。党卫军警卫仍然站在焚尸场门前，大门上贴着一张大字海报，上面写着："闲人免进，党卫军也不例外！"

被放逐的人们很快就注意到为绿地洒水的水龙头，那本是为庭院准备的浇灌工具。他们中的一些人开始从行李中拿出瓶瓶罐罐，然后离开队列，挤在水龙头前，用自己的容器盛满水。我其实并不惊讶他们如此着急，或许在过去的五天里面他们滴水未进。当他们看到有水喝的时候，定然会乱作一团，喝多少水也不解渴。接送队伍的党卫军对这样的场景早已见怪不怪了。

他们就那么等着，直到每个人都已经喝饱，并且将自己的容器装满了水。党卫军知道，要是他们中任何一个人没有喝够的话，那么他是无论如何不会归队的。慢慢地，所有人都归队了。队伍沿着一条煤渣路继续前行，路的两侧铺着绿绿的草坪。大约走了100米后，队伍来到一个平滑的坡道面前，坡道上有10到12级台阶通向地下一个巨大的房间，一个巨大的标志牌俯视着整个房间，上面用德语、法语、希腊语和匈牙利语写着"浴场和消毒室"。这个标志让所有人都松了口气，也缓解了队伍中的疑虑和恐惧。他们几乎雀跃着走下了台阶。

房子的中间是成排的圆柱，环绕着圆柱以及紧贴着墙壁都安置了长椅，在长椅上面挂着编号的衣架。用几种语言写成的标志牌引起了所有人的注意，提醒大家衣服与鞋子要放在一起，尤其别忘记自己衣架的编号，以免在沐浴归来后引起不必要的混乱。

"真有德国人的风格啊！"那些一直很"佩服"德国人的人们这样评论。

他们是对的。事实上，采取这样的措施的确是为了秩序井然，这样的话，第三帝国所需要的上万双好鞋不会被搞混。衣服也是如此，那些被轰炸后的城市市民能够轻易用得上这些衣服。

当时有3000人在这个房间里，有男人和女人，还有很多儿童。几个士兵进来后大声宣布，所有人必须在十分钟内将身上的衣服脱光。所有人听到这个消息后都目瞪口呆，无论是男是女、是老是少。害羞的妇女和姑娘们面面相觑，或许她们还没有完全理解刚才德语的意思。

然而，他们没有太多时间去思考，命令再一次下达，这次声音更大，语气更吓人。他们开始不安起来，他们的尊严受到了挑衅。但是，他们骨子里特有的顺从让他们感觉到，反抗已经于事无补了，他们开始慢慢地脱掉身上的衣服。老年人、残疾人、疯疯癫癫的人在特遣小分队队员的帮助下也已经脱掉了衣服。十分钟内，所有人都赤裸着身体，他们的衣服挂在衣架上，鞋子成对系在一起。他们也用心记下了衣架上的号码。

一个党卫军穿过拥挤的人群，推开了房间另一头一扇巨大的橡木弹簧门。人们穿过弹簧门到达另一个房间，这个房间同样宽敞明亮。这两个房间大小相同，但这个房间既没有长椅，也没有衣架。在房间的中央，以 30 米左右为间隔，立着一些柱子，从水泥地板一直通向天花板。这些明显不是承重柱，而是一些方形的用薄铁皮包裹的柱子。铁皮管的四面都有大量的小孔，看起来像是线阵。

所有人都已经进入了这个房间。一个嘶哑的声音命令道："党卫军与特遣队员请撤离房间。"他们服从命令并报数离开。弹簧门随即关上，灯光也从外面关闭了。

就在此时，驶来一辆最新款的豪华汽车，车上有巨大的红十字会标识。一个党卫军军官和一个卫生服务副官（Sanitätsdienstgefreiter）踏出车门。卫生服务副官拿着四个绿色的铁皮制成的容器。他上前一步，穿过草坪，此刻的草坪上，每隔三十米，都有一个水泥短管从地面伸出来。在穿戴好防毒面具之后，他打开一个容器的盖子，然后将其中盛放的淡紫色颗粒状的物质倾倒出来。

淡紫色的颗粒物直接就落到水泥管的底部。它所产生的气体通过铁皮管上的小孔释放出来，几秒钟后就充满了被放逐者们所处的房间。不到五分钟的时间，所有人都死了。

对于所有被押送到这里的人来说，发生的都是同样的事。红十字会从外面送来了毒气。焚尸场里从来不会存放这个东西。预先警告是可耻的，但更可耻的是毒气居然被一辆国际红十字会的汽车送进来。

为了确保完成任务，两名毒气屠杀者等了大约五分钟的时间。然后他们点燃了香烟，乘车而去。他们刚刚杀了3000个无辜的平民。

20分钟后，通风机开始嗡嗡作响，用以驱散毒气。门再次被打开，卡车开了进来，一支特遣小分队将衣服和鞋子分开装上车。它们将被送去消毒。这次是真正的消毒。随后，衣服和鞋子就会通过铁路运往全国各地。

获得"Exhator"系统专利技术的通风机迅速将室内的毒气排出，但是在尸体之间的隙缝里、门上的裂缝里，凡是狭小的空间里都可能残存着毒气。即便是在两个小时之后，还是会引起剧烈的咳嗽。出于这样的原因，开门后第一批进入的特遣队员都会佩戴防毒面具。屋里再一次点上灯，显现出恐怖的景象来。

尸体并没有在房间里东倒西歪，而是混乱地堆在一起，一直堆到天花板，原因是毒气从最低层开始扩散，先是最下面的空气被污染，然后慢慢向上，直到天花板。这会让遇难者们彼此踩踏，疯狂地向上爬，试图逃脱毒气，但很快他们都会被毒气淹没。这是何其惨烈的生存竞争啊！即使只能延迟一到两分钟死亡。要是他们有机会想想他们都做了些什么，他们就会意识到，被他们踩在脚下的是他们的孩子、妻子和他们的亲戚朋友。但是他们根本来不及想，他们的姿势表明，那只是出于自我保护本能罢了。

我注意到，在人堆底部的尽是些妇女、儿童、老人，而在顶部的则是最强壮的人。他们的尸体彼此交错，浑身都是抓痕和瘀青，那是由于他们在挣扎的时候彼此乱抓造成的。血液从鼻孔和嘴巴里流出来，他们的脸肿胀变形，几乎变成蓝色，畸形到无法辨认。即使是这样，有一些特遣队员还是能够碰巧认出他们的亲属。相遇并不常见，我突然感到莫名的恐惧。我没有理由再待在这里了，我已经到达了死亡谷底。我觉得我有责任将我所看到的一切详实地记录下来，为了我的同胞，也为了整个世界。我心血来潮，觉得我应该逃离这里。

特遣小分队队员们穿着大号消防靴，围着尸体堆站成一圈，然后开始用强力水柱冲洗尸体。这是非常有必要的，因为人在淹死或被毒气熏死的时候，会不由自主地排便。每一具尸体都肮脏不堪，必须要冲洗干净。一旦对尸体的"淋浴"完成，对尸体的分拣就开始了。此刻，特遣队员都怀着极为悲痛的心情执行一项没有人性的任务。

这是一项艰巨的任务。他们用皮带将尸体的手腕打结，然后将皮带紧紧嵌在像老虎钳一样的长柄里。他们用这些皮带将湿滑的尸体拖拽到另一间屋子的电梯里。四部大型电梯上上下下地运行，每部电梯里装入20至25具尸体。铃声响起的时候，提示这部电梯将要向上运行。电梯向上，然后停在焚尸场的焚化室，巨型滑动门自动打开。操作拖车的另一支分队的特遣队员等在这里。同样，他们将皮带系在尸体的手腕上，把尸体拖到特别建造的坡道上，最终将尸体全部卸在焚尸炉门口。

尸体紧紧靠在一起，老人、年轻人、儿童。血不但从他们的鼻孔和嘴角流出，还从他们的皮肤渗出，那是因为与地面摩擦造成了划伤。水泥地面上的排水沟里，流动的都是血与水的混合物。

这个时候，对犹太人的开发和利用的新阶段就开始了。第三帝国已经拿走了他们的衣服和鞋子。由于在任何湿度下，头发都可以均匀地伸长或收缩，所以头发也是珍贵的原材料。人类的头发常常用在定时炸弹上，可以很好地实现定时引爆的目的。所以，他们要把死人的头发剃下来。

但这还没有结束。正如日耳曼人对内和对外所宣传的那样，第三帝国不是建立在"黄金标准"上，而是建立在"工作标准"上。也许这句话的意思是，他们要努力劳动，比大多数国家获得更多的黄金。不管怎么说，死者接下来被送到"拔牙特遣队"那里，他们的工作地点就在焚化炉前。"拔牙特遣队"一共8个人，每个队员都装备了两件工具，或者称为两件仪器，随你怎么叫它。他们一手拿着撬杆撬嘴，一手拿着用来拔牙的钳子。

尸体仰面朝天，特遣队员用撬杆撬开尸体紧闭的下巴，然后用钳子拔出或干脆直接折断所有金质假牙，以及任何金质的假牙架和填充物。所有"拔牙特遣队"的队员都是优秀的口腔医学家和牙科医生。当门格勒博士需要具备良好的口腔医学技术或牙科技术的医生的时候，他们信心满满地毛遂自荐，坚定不移地认为他们可以在营地中发挥他们的专业技能，就像我当初所想的一样。

所有收集到的金牙都泡在一个装满了酸性液体的桶里，酸可以腐蚀骨肉。其他尸体上穿戴的贵重物品，如项链、珍珠、婚戒等，都被摘下来，然后放在只有一个小口的保险箱里。黄金是重金属，我估计每座焚尸场每天可以收集18至20磅黄金。当然，由于死者的身份不同，所搜集的黄金数量也不同。一些死者比较富有，而另一些从郊区来的死者就很贫穷。

匈牙利的被驱逐者在到达时已经被剥削得差不多了，但那些荷兰、捷克、波兰的被驱逐者，即便他们已经在犹太人区生活数年，却仍然携带着首饰、黄金和美元。通过这种方式，日耳曼人积累了大量的财富。

最后一颗金牙被拔下来的时候，尸体就会流转到焚尸小分队手中。在那里，每三个尸体为一组，放在一架由金属薄板制成的手推车上。焚尸炉厚重的炉门自动打开，手推车把尸体送进焚尸炉，然后加热到白炽程度。

尸体在二十分钟内就会焚化。每座焚尸场有十五个焚尸炉，这个集中营里有四座焚尸场。这就意味着，一天之内会有数千人被焚化。如此算来，经年累月，每天数千人通过毒气室，然后被送到焚尸炉，最终只剩下焚尸炉中的一撮灰烬。卡车将骨灰运到离集中营数百米远的维斯瓦河，然后把骨灰倒在奔流的河中。

即使对于尸体来说，在经历过这样的痛苦与恐惧之后，却换不来一点点的平静。

08　心内氯仿注射

　　病理学实验室是在我的上司门格勒博士的怂恿下建成的，注定要满足他在医学研究方面的野心。它刚刚建成几天的时间，一切具备，只欠东风，能够掌管这里的医生就是这个"东风"。

　　集中营的封闭性为研究提供了极为便利的条件。首先，从法医学角度来看，这里有相当高的自杀率；其次，从病理学的角度来看，这里有很大比例的巨人、侏儒和其他非正常形态的人类。世界上再也找不出比这个地方还要多的尸体可供研究了，事实上，为了研究可以任意处置尸体，为研究工作提供了更加广阔的前景。

　　从我的经验得知，在世界上大多数城市的医疗机构里，要建成一个法医学院通常需要准备100到150具尸体标本，这样算起来，奥斯维辛提供的尸体数量足够建成数万座法医学院了。任何一个进了奥斯维辛大门的人都已经迈进了死亡的大门。命运会指引他站到左边一列，在到达后不到一小时的时间里进入毒气室，变成尸体。如果他在逆境中抵抗了命运而站到右边一列，就不那么幸运了。

他仍然是死亡人选，但稍稍不同的是，他要经历奥斯维辛所有可怕的事，直到他的精神被完全耗尽。这段时间通常是三四个月，或者更久一些，只要他能忍受。他的身上千疮百孔。他的身体由于饥饿而扭曲，他的眼神充满憔悴，他因精神错乱而呻吟。他拖着筋疲力尽的身体在雪中前行，直到他再也不能向前一步。经过训练的军犬撕咬他消瘦的躯体，当虱子也会放弃他干枯的身体时，解脱的时刻到了，赎回死亡的时间近在咫尺。这样看来，到底谁更幸运？对于我们的父母、兄弟、孩子来说，你会让他们站在左边还是右边？

当运送被驱逐者的车辆到达的时候，负责选人的党卫军在车厢前站成一排，专门搜寻双胞胎和侏儒。那些希望自己的双胞胎孩子得到优待的母亲们非常乐意把他们交给党卫军。在得知从科学角度来说，双胞胎受到青睐以后，成年的双胞胎们自愿站出来主动介绍自己，侏儒也是如此。

他们与人群分开，聚集在右边。他们可以继续穿着他们的便装，党卫军把他们带到特别设计的营房，在那里，他们得到很好的对待。吃得不错，睡得舒服，卫生条件也比其他人强很多。

他们被安置在 F 营 14 号营房，从那里被看守他们的警卫带到吉卜赛实验营，然后在实验营接受所有能在人身上进行的医学检查：验血、腰椎穿刺、与双胞胎兄弟换血以及其他众多检查项目，所有的检查都令人感到疲劳和沮丧。来自布拉格的画家迪娜，对双胞胎机体的构造，包括头骨、耳朵、鼻子、嘴、手和脚等方面进行比较研究。每幅素描连同所有个人特征都被分类放在文件夹中，这些文件夹是为了快速查找而专门设置的。通过这些文件夹就可以直观地看到这项研究的最终结果。对于侏儒来说，步骤也是一样的。

前面所谈到的实验，用医学术语表达，就是"活体实验"，是在活人身上进行的医学实验。如果不用双胞胎做实验的话，活体实验几乎不能取得很好的结果。在各种不确定性下，活体实验结果可能还不如局部实验的结果。然而在最重要的双胞胎研究阶段，即对双胞胎进行解剖学和病理学的对比研究上，活体实验取得了成功。双胞胎实验会遇到一个问题，在比较健康的双胞胎器官与功能异常的器官，或者生病的器官，抑或者进行其他病理学研究的时候，需要尸体。因为非常有必要同时解剖两具尸体来比较异常现象，所以双胞胎必须同时死亡。也就是说，双胞胎们最终经过门格勒博士之手死于奥斯维辛集中营 B 营。

这种现象在世界医学历史上是独一无二的。双胞胎同时死亡，使得同时解剖两具尸体成为可能。通常情况下，谁能碰巧遇到双胞胎死于同一时间、同一地点呢？双胞胎通常由于不同的生活轨迹而分开。他们彼此住得很远，而且很少同时死亡。

双胞胎中一个人可能10岁的时候死亡，另一个人15岁的时候死亡。在那样的情况下，比较解剖是不大可能的。但在奥斯维辛，有几百对双胞胎，因此也就有几百次同时解剖的机会。这就是为何在卸货站台，门格勒博士将双胞胎和侏儒从被驱逐者中单独分出来。这就是为何这两类特殊的群体被分在右手边一列，幸免于难。这就是为何他们吃得好、喝得好，居住的地方环境卫生，只有这样他们才不会互相传染疾病，不会有人先走一步——他们必须同时死亡，而且身体健康！

特遣队的队长过来跟我说，一个党卫军警卫与一队运送尸体的特遣队员正在焚尸场的大门口等我。我去与他们会合，因为他们不可以进入焚尸场。我从警卫的手中接过与尸体有关的档案。这是一对幼儿双胞胎兄弟的档案。另一队全部由妇女组成的特遣队把包裹着的棺材放在我的面前，我打开了棺材盖，里面躺着一对2岁的双胞胎。我让我的两个助手把小尸体抬起来，双双放在解剖台上。

我打开档案，快速浏览一遍。这是一份非常详尽的临床检查报告，附有X光片、说明和"艺术家"的素描，从科学的角度表明两个双胞胎小生命的区别。只有病理学检查报告没有涵盖在内，而提供这份报告正是我的工作。双胞胎死于同一时间，此刻他们并排躺在这张大号解剖台上。现在就是要通过他们，或者说通过他们的身体来解开人类繁衍的秘密。这项研究是为了实现一个"崇高的目标"，那就是进一步解开日耳曼高贵种族的繁殖秘密，他们注定成为世界的统治者。如果未来研究成功的话，德国的每个母亲都有更多可能怀上双胞胎。这项由第三帝国的疯狂的理论家提出的实验简直就是疯了。而这项实验正是委托给门格勒博士，奥斯维辛集中营的主任医师，臭名昭著的"死亡天使"。

在作恶者与犯罪者之间，最可怕的类型就是"罪犯医生"了，特别是当他获得极大的权力以后。门格勒博士就被授予了生杀大权，他宣判数百万人的死刑，仅仅因为认为他们是劣等人种，是对人类有害的。正是这位"罪犯医生"与我相伴了很长时间，他有时在观察显微镜，有时使用消毒炉或试管，有时以同样的耐心站在解剖台旁。他的白大褂上到处是血迹，他像着了魔一样用沾满鲜血的双手进行检查、做着实验。短期的目标就是让日耳曼民族大量繁殖，最终目标就是繁衍足够多的纯种日耳曼人，以取代捷克人、匈牙利人、波兰人。这些人注定要被灭绝，但他们现在还生活在对第三帝国来说至关重要的领土上。

我在完成对双胞胎的解剖之后，写了一份常规的解剖报告。我把工作做得很好，上级也对我赞赏有加。但他在阅读我写的报告时有点儿小麻烦，因为我所有的字母都大写，那是我在美国学习的时候养成的习惯。①所以我就告诉他，要是他想要一份清晰干净的报告，他就得给我提供一台打字机，因为我已经习惯了在工作的时候使用打字机。

"你惯用什么牌子的打字机？"他问。

"奥林匹亚精英牌，"我回答说。

"很好，我会给你一台，明天送过来。我想要干净的报告，因为这些报告会寄到柏林达勒姆生物和人种研究所。"

因此，我才知道这里的研究成果会送到最高医疗机构去检验，那里是世界上最著名的科学研究所之一。

次日，一个党卫军给我送来一台"奥林匹亚"牌打字机。更多的双胞胎尸体被送到我这里来。他们还曾给我送来四对吉卜赛营的双胞胎，这四对尸体都没有超过10岁。

我开始解剖其中一对双胞胎，并将工作的每个步骤都记录下来。我打开颅骨，将小脑和大脑一起取出，检查了一下。然后打开胸腔，移除胸骨。接下来，我从下巴下方的切口中将舌头分离出来。接着是食管、呼吸道和肺。我将器官冲洗干净便于更好地观察它们。最微小的斑点和最轻微的颜色上的差异都能够提供有价值的信息。我在心包膜上做了一个横向的切口，然后把体液放了出来。接下来

---

① 作为世博会罗马尼亚代表团的成员，尼斯利博士于1939年夏天前往美国，一直待到1940年2月。他本来打算把他的家人也接到美国并定居下来。不久以后，战争爆发了，他回到了家人的身边。一旦归国，他就不可能再离开这个国家了，结果就是，他到了奥斯维辛。——译者注

我把心脏拿出来清洁一下。我在手中翻来覆去地检查它。

在左心室外膜上有一个因皮下注射而产生的一小片浅红色的斑，它与周围组织的颜色差异非常小。我不可能看错。这是用一支非常小的针头注射的，毫无疑问是皮下注射针。出于什么目的给他注射？只有在非常危急的情况下，例如心脏骤停时，才会直接实施心内注射。我很快就知道原因了。我从心室开始解剖心脏。一般来说，左心室里包裹的血液要被放出来并称重。照目前的情况看，这个方法无法实施，因为血液已经凝结成密实的血块。我用钳子将血块取出来，放到鼻子下面闻了一下，我被特殊的氯仿①的气味震惊了。受害者接受了一针心内氯仿注射，心脏中凝固的血液沉积在瓣膜上，心力衰竭导致瞬间死亡。

我发现了第三帝国医学最骇人的秘密，这使我双腿打战。他们不仅用毒气杀人，他们还通过心内氯仿注射来杀人。我的头上突然冒出了冷汗。幸亏此刻只有我一个人在解剖室，要是还有其他人在场的话，我可能就难掩我的激动之情了。我完成了解剖，将所发现的差异一一记录下来。但我刻意忽略了氯仿、左心室凝固的血块以及心外膜上明显的针刺痕迹，没有将它们记录下来。这对我来说是有益且谨慎的措施。

门格勒博士需要的双胞胎项目的报告在我手里。它包

---

① 氯仿，即三氯甲烷，曾用作麻醉剂。——编者注

括前面提到的精确的说明、X光片、"艺术家"的素描，但它既没有包括死亡情景，也没有提到死亡原因。我也没有在解剖报告中填写死亡原因这一栏。知道了不该知道的事情或者将所有证据都联系起来并不是一个好主意。在这里更是如此。我并非天生胆小，我只是小心翼翼而已。在我的医疗生涯中，我常常揭露死因。我见过各种各样的尸体，由于仇恨、嫉妒、功利而导致的暗杀，或者自杀以及自然死亡。在很多情况下，我被我的发现震惊，但是现在一种不寒而栗的感觉袭遍了我的全身。要是门格勒博士对于我发现他的秘密注射产生一丝丝的怀疑，那么他就会以党卫军政治部的名义派出10个医生，让我死无葬身之地。

根据接到的命令，我将尸体归还给特遣队，他们的职责就是将尸体烧掉。他们立即执行了他们的任务。我必须保留好任何可能引起科学兴趣的器官，以便于门格勒博士检查它们。那些可能引起柏林·达勒姆研究所感兴趣的器官，都会保存在福尔马林溶液里制成标本。这些标本将被精心包裹并邮寄到研究所去。包裹上会盖上"军事物资－加急"的邮戳，并以最高优先级别寄送到研究所。我在焚尸场工作的这段时间，寄送了不计其数的这种包裹。而我收到的回复指令，要么是精确的科学观察，要么是详细的说明。为了将这些答复分类，我不得不专门建立了文件档案。柏林·达勒姆研究所的主管总是因为这些稀有和珍贵的标本而热情地感谢门格勒博士。

我将另外三对双胞胎进行了解剖,并酌情记录所发现的反常现象。这三对病例的死因也是相同的,都是心内氯仿注射。

在这四对双胞胎中,三对双胞胎的眼球颜色不同。一只眼球是棕色,另一只眼球是蓝色。这种现象在非双胞胎身上非常普遍。但在这个案例中,我发现八个人中有六个人的眼球颜色不同。这种反常现象引起我极大的兴趣。医学术语称之为"异色",意思是具有不同的颜色。我将眼球摘除,然后放在甲醛溶液中,精确地记录它们的特征以防混淆。在我检查这四对双胞胎期间,我发现了另一个奇怪的现象,当移除脖子上的皮肤时,我注意到胸骨正上方有一个坚果大小的肿瘤。

我用钳子按压在上面,发现里面充满了稠密的脓液。根据熟知的医学科学,这种医学界熟知的罕见特征表明它就是遗传性梅毒,同时也被称作"杜布瓦瘤"。经过进一步的检查,我发现八个双胞胎身上都存在这种现象。我将肿瘤及周围的健康组织一并切下,放在另一罐甲醛溶液中。我还在两对双胞胎的身上发现了活动性空洞型肺结核的证据。我将我的发现记录在解剖报告中,并将顶端"死因"一栏留白。

下午的时候,门格勒博士来看望我。我把上午工作的详细记录和解剖结果报告给他。他坐下来,仔细阅读报告中的每个病例。他对眼球异色表现出极大的兴趣,而看到发现杜布瓦瘤的时候，他的兴趣更大。他让我把这些标本与解剖报告一同寄给研究所。他还指导我如何填写迄今为止仍然空着的"死因"一栏。填写什么死因由我自己去判断和决定，唯一的条件就是每个病例的死因都应是不同的。但随后他又略带歉意地说，正如我亲眼所见，这些孩子都死于梅毒和结核，无论如何也不可能活下去了……后来他就没有再提这件事。

他在这件事情上说得已经够多了。他解释了这些孩子的死因。我克制着自己，不作任何评论。但事实上我已经知道，医生并没有用药治疗肺结核和梅毒，而是实施了氯仿注射。

一想到我在这短暂的逗留期间知道了这么多秘密，以及我必须看到那么多我不想看到的东西，直到我的命定时刻的到来，我就不寒而栗。从我到这里来的第一分钟起，我就觉得自己已经是个活死人了。但是现在，在知道这么多匪夷所思的秘密之后，我确信我不可能活着走出这里。难道门格勒博士，或者柏林·达勒姆研究所会让我活着走出这里？

09　从颈部射入子弹

已经很晚了，天色越来越黑。门格勒博士已经离去，只剩我自己整理着思绪。我机械地整理好解剖尸体的工具，洗干净手，走到工作室，点起了一支烟，希望能得到片刻的宁静。突然，我听到一声尖叫，令我脊背发冷。然后，紧接着砰的一声，像是什么东西自由落体，掉到地面上。我神经紧绷，仔细听着下一分钟会传来什么声音。但是还没到一分钟的时间，我又听到一次尖叫声、滴答声和落地的声音。我数了数，一共传来70次声音，都是尖叫声、滴答声，接着是人坠落下来的声音。重重的脚步声退去后，留下的是死一般的寂静。

刚刚发生血腥悲剧的地方就在解剖室的旁边。走廊可以直接通向那里。那里几乎没有什么光，水泥地面，窗户装上了护栏，透过窗户可以直接看到后院。我把那里当做尸体储藏室，在解剖之前先将尸体暂存在那里，在解剖之后再把尸体放回去，直到它们被送走烧掉。穿过的脏衣服、破旧的木鞋、眼镜、面包碎屑这些集中营中妇女的常用物品堆在入口处。在听到那些尖叫声后，我已经准备好要面对离奇的事情了。我进了那间储藏室，迅速看了看四周。骇人的景象在我面前慢慢展现。70具女性赤裸的尸体蜷曲着，倒在她们自己和别人的血泊之中，屋里一片狼藉。

当我的眼睛慢慢适应了昏暗的灯光后，我惊恐地发现，并不是所有的受害者都死了。有一些人还有呼吸，慢慢地动着胳膊和腿，目光呆滞，他们试图抬起血泊中的头。我扶起两三个还活着的人的头，这时候我突然意识到，在集中营里，除了毒气室和氯仿注射外，还有第三种杀人方法，从颈部射入子弹。从伤口可以判断，党卫军使用的是6毫米口径的子弹，没有弹孔出口。经过粗略的观察，我推断那是一种软铅子弹，因为只有这种子弹可以射入颅骨而不穿透。

不幸的是，我现在知道了这个秘密，我能迅速估计出所有可怕的情况。一点也不奇怪，这种小口径子弹在任何情况下都不会瞬间致人死亡——即使是在不到一米的距离内被击中，并且正中脊柱。这一点是通过皮肤表面产生的火药灼伤判断出来的。在某些情况下，子弹可能稍稍偏离轨道，不会立刻致人死亡。

我也注意到了这一点，但没有进一步思考，我害怕我会失去理智。我到了院子里，问一个特遣队员这些妇女是从哪里来的。

"她们来自 C 营，"他说，"每天晚上，一辆卡车会运来 70 个人。所有人都会在脖子后面挨上一枪。"

我头晕目眩，吓得哑口无言。我沿着碎石小径走着，小路将焚尸场里保养得极好的草坪一分为二。我的目光游荡在正在点名的特遣队那里。今天晚上的警卫没有什么变化。1 号焚尸场今天没有运转。我望向其他三座焚尸场，它们的烟囱仍然喷着火、冒着烟，一切照旧。

现在吃晚饭还太早。特遣队员拿出一个足球，在操场上站成一排。"党卫军 VS 特遣队"。操场的一边站着焚尸场的党卫军，另一边站着特遣队员。他们开始踢球。爽朗的笑声充满了院子。观众变得兴奋起来，并大喊着为双方的队员助威，就好像这里是某个和平城市的运动场一般。恍恍惚惚间，我默默记下了这一切。比赛还没结束，我就回到了我的屋里。晚饭之后，我吞下两颗 10 毫克的安眠药，然后入睡。这是我迫切需要的睡眠，我觉得我的神经已经紧绷到了极点。在这种情况下，安眠药是最好的治疗。

10　又一批特遣队员"到来"了

早晨，我带着宿醉的感觉醒来。我到设置在隔壁的房间冲了个澡，让维斯瓦河冰凉的河水在我的身体上淋了半个小时。这使我疲劳的神经得以恢复，由于服用安眠药而带来的迟钝感得以缓解。

德国人对我们照顾得多好啊！他们建造了可以容纳十个人的美丽的浴室，铺了闪闪发亮的瓷砖，供特遣队队员专用。以搬运尸体为工作的人需要很频繁地清洗，所以得一天清洗两次，我们都很乐意执行这项规定。

我检查了我的医疗包内的物品。它是由一名特遣队员从储藏室带给我的，它很可能原本属于我的某个医生同事，他再三检查，把医疗包与他的衣服都留在脱衣室，接着就走进了毒气室。医疗包里有一副听诊器、一个血压计、几支注射器、若干其他必要的设备和药品，以及许多用于紧急注射的安瓿瓶。我很高兴能拥有这个医疗包,因为我知道它在我"拜访"的时候会派上用场。在这里,对特遣队来说,"拜访"的意思就是奔走于四座焚尸场之间。

我从我所在的这座焚尸场开始,先去了党卫军的住处,计划诊疗每一个露面的人,总会有几个人的。在焚尸场,每个人都会时不时地假装生病,以期能够在使人筋疲力尽、耗尽心神的工作中得到片刻喘息。有时也会有人病得更加严重,但在照料他们方面一点儿都不麻烦,因为我们的药品足可以与柏林储存最丰富的药房相媲美。

有一支专门的特遣队,他们的工作就是对留在毒气室外面大堂的行李进行检查,在衣服和鞋子被运走前收集所有的药品。然后,将这些收集到的药品转交给我,我再根据它们的种类和用途分类。这可不是一件容易的工作,人们从欧洲各地来到奥斯维辛,他们随身携带的药品的标签自然也就印着原产国的语言。所以我见过用希腊语、波兰语、捷克语和荷兰语写成的标签,所有这些语言我都得翻译过来。提一句题外话,在带到奥斯维辛的药品中,数量最多的是各种各样的镇静剂。镇静剂是用来镇静欧洲受迫害的犹太人的神经的。

在结束"拜访"党卫军之后,我到楼上特遣队的生活区,处理一些割伤和擦伤,这种伤口在司机身上很常见。特遣队员极少有器质性疾病,他们衣着干净,床铺崭新,吃得也好,甚至有的时候极好。而且他们还都是专门挑选出来的身强力壮的年轻人。然而,他们确实都有神经紊乱的趋势。对他们来说,得知他们的兄弟、妻儿、父母甚至整个民族都死在了这里,对他们来说是多么巨大的压力。日复一日,他们搬运数以万计的尸体,把他们拖到焚尸场,然后亲手把尸体放在焚化室。结果便是严重的神经性抑郁,而且常常神经衰弱。这里的每个人都有一段悲伤的过去,也都绝望地计划着未来。特遣队的未来有着明确的时间界限。四年痛苦的经验已经证明,他们的寿命期限只有四个月。时间一到,一队党卫军就会出现,接着整个特遣队都会被赶到焚尸场后面的院子里去。

一阵机关枪声响起,半个小时后,新的特遣队员到达了。他们脱下尸体的衣服,又过了一个小时,只剩下一大堆骨灰。每个特遣队员的第一次任务就是将前任特遣队员的尸体火葬。以往在我"拜访"期间,总会有人将我拉到一边,恳求我给他一种快速有效的毒药,我总是会拒绝。但今天,我却答应了。他们都死了。他们的死快速而决绝,并不是出于他们自己选择的自杀,而是死于纳粹屠夫手中。

11 "拜访"焚尸场

我接下来"拜访"的是2号焚尸场,它与1号焚尸场是分开的,中间有一条小路,还有铁道沿线的犹太人卸货站台。它与1号焚尸场的建造目的相同,唯一的区别就是这里没有解剖室,取而代之的是一个铸金厂。除此之外,脱衣间、毒气室、焚化间、生活区的格局都是一模一样的。

在四座焚尸场里收集到的金牙与假牙架,所有在大衣箱、手提箱、衣袋甚至死人身上找到的首饰、金币、宝石、铂金、手表、金质香烟盒以及任何贵重金属制成的物品,都被送到铸金厂里。经过消毒以后,这些物品被排序和分类。贵重的宝石单独放置,镶嵌宝石的卡托移送铸金厂。四座焚尸场收集到的金牙与珠宝,经过熔炼以后,可以得到65磅到75磅的纯金。

熔炼过程使用的是直径大约5厘米的石墨坩埚。熔炼后形成的金质圆柱的质量为140克。我之所以知道确切的数值是因为我不止一次在实验室里精确地测量过它们。

那些在火葬前从尸体口中拔金牙的医生并没有将所有的贵重金属都扔到盛满酸性溶液的桶里，当这些来路不明的宝物被收集起来的时候，会有一小部分流入党卫军警卫的口袋中，有的时候只有一点，有的时候数量巨大。缝在衣服内衬里的珠宝和遗留在脱衣室的金币也是如此，它们被检查行李的特遣队员获取。尽管这是极度危险的做法，党卫军无所不在，他们会紧紧盯住这些新发现的财产，因为它们都属于第三帝国。毋庸赘言，他们对于黄金和珠宝更加密切关注。

起初我还没弄清楚怎么回事，从公平和道德的角度看，特遣队员发现的珍宝应该归他们自己所有。但几天后，我对情况有所了解，要是有人应该拥有这些物品的话，我倾向于赞同特遣队员作为唯一且合法的拥有者，因为他们靠运气发现了这些宝物。

特遣队员也把他们偷偷藏起来的黄金交给铸金厂熔炼。尽管监视非常严格，但总有办法把东西交给金匠，稍后取回140克"金币"。特遣队员想让这些金币流转起来，或者说用它交换一些有用的物品，是非常困难的。没人想把金币囤积下来，因为每个人都知道，四个月的时间一到，特遣队员就会被处死。但是对我们来说，四个月是一段相当长的时间。已经被宣判死刑，并被强制日复一日进行重体力劳动,这些足以摧毁任何一个人的身体与灵魂,即使是最强壮的人,也会被推向神经崩溃的边缘。所以有必要让日子过得更轻松、更惬意,哪怕只有几周的时间。只要你有金币,你就可以做到,即使身处焚尸场。

因此第一支特遣队在任的时候,诞生了交换单位:140克的金币。这个交换单位一直沿用至现在的第十二支特遣队。金匠没有更小直径的坩埚,所以也就没有办法制作更小币种的"金币"。

在焚尸场,一个物品没有通常意义上所说的"价值"。每个付出金币交换东西的人是以他在这里度过的生命为代价的。而提供交换物品的另一方无疑冒着生命危险,这些物品常常难以获得,甚至来自集中营外面,他要穿过党卫军设置的路障和检查点,回程时还要携带换来的金币。这一来一回都要经过层层检查。

在金币流转的过程中,特遣队员兜里装着金币,但他最远只能到焚尸场的大门口。在那里,金币被转手。带着金币的人走上前去,与当值的党卫军警卫交谈几句。然后转身遛几步,远离大门。在焚尸场大门口的一段铁路轨道上,有一个20到25个波兰人组成的劳动小队。在看到特遣队员做出的手势后,这个劳动小队的工头会过来用一个封好的麻布袋换走包裹在纸里的金币。而这个装着所需物品的麻布袋就安全地进入了焚尸场。

特遣队员走进大门附近的警卫室,从麻布袋里拿出大约100支香烟和一瓶白兰地。党卫军警卫走进去，迅速将香烟与白兰地装入口袋。他当然会非常乐意，因为一个党卫军警卫每天只能配给2支香烟，没有酒。可是这两种物品在这里不可或缺。无论是党卫军警卫还是特遣队员，每天都要消耗大量的烟酒。

其他必要的物品，如黄油、鸡蛋、火腿和洋葱，都是通过这种方式非法运进来的。在被驱逐者身上是找不到这些东西的。由于金币是通过集体努力获得的，所以通过交换而得到的物品也遵循集体分配的原则。因此无论是焚尸场全体特遣队员，还是不劳而获的党卫军，都能得到供应充足的食物、酒和烟。在这个交易过程中，每个人都睁一只眼闭一只眼，这个交易也由于每个人都能获益而得以继续。特遣队员单独出击，焚尸场的任何一个党卫军都可能被收买。他们唯一不相信的就是自己人，却相信特遣队员永远不会也不敢背叛任何人。这也就是为什么食物、酒和香烟要由一个"信得过"的特遣队员转手交给一名党卫军警卫。

通过同样的秘密路线，每天都由另外一名铁路工人将第三帝国的官方报纸《人民观察家报》送到焚尸场来。每月的"订阅费"需要一个140克的金币。任何一个送报的人都理所应当得到这份报酬，因为他每月冒着30次生命危险把报纸送到集中营。

自从我到了焚尸场以后，我还是第一次收到这种报纸。

我在一个安全的角落阅读它，然后把那一天的要闻叙述给一名囚犯办事员，再由他把新闻传递给他的囚友。用不了多长时间，所有人都知道了最新的消息。

特遣队是一支精英队伍，它有着引人注目的优势与特权。与之形成鲜明对比的是营地中的囚犯，他们只能生活在脏乱差的环境中，居所满是虱子，由于饥饿而发疯，为了一小片面包或土豆与其他人大打出手。比起他们，特遣队的生活确实好得多。在充分意识到这种不平衡的情况后，只要有机会，特遣队员们会尽可能地在伙食上接济他们没那么幸运的囚友。

在过去几天里，一支由500名修路工人组成的妇女特遣队一直在离焚尸场大门不远处的地方劳动。他们处于两名党卫军警卫和四只警犬的监视下。她们的劳动内容就是搬运修路用的石块。在焚尸场警卫的允许下，几个特遣队队员走向监视妇女特遣队的警卫，给他们每个人塞了几包烟。贿赂结束后，三四个妇女搬着石块向我们这边的大门走来，就好像她们的任务就是把石块搬过来那样。她们迅速收起我们给她们准备的衣服，她们也拿到一些面包、培根和烟。特遣队里的其他人也轮流拿到了东西。特遣队从不对任何人偏袒，我们中没有一个人认识对方队伍中的人。在收到她们的"礼物"之后，他们欣喜若狂，回去继续劳动了。次日，新的一队人又过来劳动，同样的情景再一次上演。

焚尸场巨大的储藏室里有数不清的衣服和鞋子等待装

货运走，我估计数千名女囚犯通过这种方式得到了特遣队的帮助。我也试着帮了一点儿，我在口袋中装上维生素片、磺胺类药品、碘酒、绷带和其他我觉得有用的医用物品，我将它们递给经过这里的女囚犯。分发完毕以后，我回到屋子再装上一批。对于收到药品的人来说，这些药品可能意味着生死的区别，或者至少可以延缓一会儿死亡。

在"拜访"完2号焚尸场之后，我又去了3号和4号焚尸场。在3号焚尸场，我注意到组成特遣队的除了大部分希腊人和波兰人之外，还有大约100名匈牙利的被驱逐者。在4号焚尸场，特遣队员大部分由波兰人和法国人组成。

所有的死亡工厂都火力全开。犹太人的卸货站台被分成四个像手指一样相互关联的部分，也像一些被河水冲积成的三角洲，在那里，受害者带着疯狂的愤怒被冲入死亡的深渊。令我惊骇的是，我注意到这种罪行是多么有秩序，像是机器一般精确，就好像这些工作将在这里永恒地运转下去一样。

我想，如果我有机会可以活着离开这里，叙述我看到和经历的一切，有谁会相信我？语言、描述在事实面前是多么苍白无力，它不会在你面前还原当时的真实画面。所以我努力描述记在我脑海中的画面和铭记在心中的一切，终究没有任何作用。在我今天"拜访"四座焚尸场的过程中，我的脑海中一直有这种泄气的想法。

12　成为法医

我将手放在一本法语词典《拉鲁斯词典》(*Petit Larousse*)上。通过其中的地图的帮助,我找到报纸报道中提到的各个不同地点。我独自在房间研究了南部和东部前线的战斗情况。沉重的脚步声在走廊里响起。我迅速翻动着书页,不耐烦地朝门口望去。焚尸场的指挥官进来通知我下午2点将有一个重要的委员会到来,我应该在解剖室做好准备迎接他们。

在委员会到来之前,一辆柩车先到了,车门紧闭,覆盖着黑纱。里面躺着一名党卫军上尉。我让人把它放在解剖台上,没有脱去衣服,而是像被运来的时候一样。

委员会成员准时到达,他们都是穿着无可挑剔的高级官员,包括一名党卫军军医上校,一名军事审判员,两名盖世太保和一名军事法庭记录员。几分钟后,门格勒博士到了。我邀请他们坐下。他们开始了简短的讨论，在此期间，盖世太保叙述了他们这名同事死亡情况的一些细节。

他的伤口是枪伤，表明这可能是谋杀或者暗杀。自杀已被排除，因为他被发现的时候，他的左轮手枪还在枪套内。假设他死于谋杀，他们相信凶手可能是他的某个同侪或者对他不满的下属。但他更有可能死于暗杀，这在波兰城市格莱维茨（Gleiwitz）以及周边地区是相当常见的现象，那里的游击队非常活跃。

验尸的目的就是确认子弹是从前面还是后面射入，暗杀所使用武器的口径和特征是什么，以及从多远开枪射击。在那个时候，格莱维茨没有人有资格当验尸官，这就是为何尸体要被运来奥斯维辛进行尸检的原因。格莱维茨离奥斯维辛只有40公里远，而奥斯维辛又是最近的符合令人满意的尸检条件的地点。

作为一个观察者，当他们讨论的时候，我站得远远的，怀着所有集中营囚犯应该保持的沉默的耐性，等待门格勒博士的指示。

我从没想过，作为一个集中营里的犹太人，被允许通过我的接触来"玷污"一个党卫军军官的尸体。我做梦都没想过由我来实施这次尸检。这是由于即使当我身处被称作"自由城市"的地方，依然有种族法律禁止我为基督教徒提供医疗服务，准确地说，禁止为雅利安人提供医疗服务。所以当门格勒博士转向我并请我进行解剖的时候，我真是惊讶万分。

第一项任务就不简单,需要除去尸体的衣服。仅脱去他的军靴就需要两个人。因此我请求招呼我的助手进来帮忙。在脱去衣服以后,委员会的成员开始热烈地讨论起来,根本没有注意到我和我的助手。

当我切开第一个切口的时候,我发现我已经战胜了怯场和自卑。我将颅骨外的皮肤切开,动作麻利、位置准确,将一半的皮肤从面部揭开,另一半的皮肤从背部揭开。下一步更困难,需要锯开颅骨,然后取下头盖骨。我几乎按照规定的步骤,以正确的顺序机械地进行着解剖。

该是检查两个弹孔的时间了。如果子弹已经穿过了身体,那么当然会有两个弹孔,一个是射入孔,一个是射出孔。在大多数情况下,医生可以很轻易地加以分辨,因为射入孔常常小于射出孔。但这一案例中的两个孔却是完全相同的大小,一个在左侧乳头下方,另一个靠近肩胛骨的上边缘。

事情还远远没有弄清楚,因而也就显得更加吸引人。是什么情况导致两个一模一样的伤口?门格勒博士倾向于认为有两次射击,一次从前面进行,另一次从后面进行。这样的假设很容易理解,即这名官员在第一次枪击之后倒在地上,然后被人射了第二枪,两次射击子弹都没有穿过身体,也就解释了为何有两个一样的弹孔。这个理论听起来貌似很合理,但仍有待证明。为了证明,我不得不研究一下子弹的弹道,或者说两颗子弹的弹道。这样做时,我发现穿过左侧乳头下方射入身体的子弹穿过了心脏，擦过了脊柱左侧的边缘，然后成35°角继续向上运动，直到它到达肩胛骨的上边缘，在离开身体之前，它的一小部分已经破碎。

现在已经确定无疑了。只有一颗子弹射向这名官员，而且是从正面射入。因为弹道轨迹是从下向上运动，并且以上述35°角从前向后运动。而两个弹孔之所以一样大小，是因为子弹擦过脊柱，削下一部分肩胛骨，当然会被这些障碍减慢速度，在它的能量用尽的时候，才离开人体。除此之外还有一个疑问，谁会以35°角从下向上倾斜射击呢？为了出现这样的结果，凶手需要把他的手高高举过头顶。所以我认为，子弹很明显是从正面射入的，在射击的时候，武器是从同一高度向上瞄准的，同时也是近距离射击，很可能凶手被某个障碍物阻挡，他的枪不能举得更高。而这一切需要验尸官下定论。

我知道我的评论令委员会的成员很满意，因为他们宣布所有需要尸检的案例都会送到这里来。他们觉得这是一个很符合要求的安排。因此，由于这一次尸检，我变成了集中营的验尸官，负责在格莱维茨发生的与法医有关的一切事务。

13　火葬柴堆

有天早晨，我很早就接到一通电话，命令我立即到焚尸场的"火葬柴堆"处报到，任务是将所有在那里收集到的药品和眼镜带回1号焚尸场。这些东西在经过排序和分类后，再被运往德国各地。

火葬柴堆位于距离4号焚尸场大约500到600米远的地方，就在比尔克瑙[①]那一小片白桦林的正后方，被松树环绕的一片空地上。它在集中营的带电的铁丝网外，位于第一道与第二道防线之间。由于我从未被授权去往营地边界之外那么远的地方，我请求给我一张由指挥部签发的书面许可证。由于我还需要两个助手帮我把物品搬回焚尸场，

[①] 比尔克瑙（Birkenau），奥斯维辛灭绝营，1941年建于奥斯维辛集中营附近，也称奥斯维辛2营。这里关押了奥斯维辛营区大部分囚徒，包括犹太人、波兰人、德国人和吉卜赛人。——编者注

所以他们给我签发了一张三人安全通行证。

我们朝着厚厚的螺旋上升的烟雾方向出发了。这烟柱在集中营的任何地方都能看到,不管是白天还是晚上。所有不幸来到这里的人,当他们刚刚走下车厢、站成一队等候筛选的时候,就能够看到这浓浓的黑烟。白天,它产生的厚厚的云覆盖了比尔克瑙的天空,而在晚上,它以地狱般的灼热映红了整片地区。

顺着脚下的路,我们走出了焚尸场。在给党卫军警卫看过安全通行证之后,我们穿过铁丝网上面的一个出口,到了一条开阔的路上。周围村庄的景象真是宁静,就像一幅翠绿草地的拼接画。但很快,我警惕的眼睛就有所发现,第二道防护线就在大约100米远的地方,警卫们要么懒洋洋地躺在草地上,要么坐在他们的机枪和警犬旁边。

我们穿过空地,到达这一小片松树林。我发现我们再一次被铁丝网组成的围栏和大门挡住了去路。一个警示牌挂在这里,就像焚尸场大门上悬挂的一样,上面写着:

> 无关人等绝对禁止入内,没有授权的党卫军也不例外!

尽管如此,我们进去的时候却没有警卫问我们要通行证。原因很简单。这里当值的警卫是从焚尸场过来的,而在火葬柴堆劳动的60名特遣队员也是从2号焚尸场过来的。

现在是值白班的时间。他们从早上7点到晚上7点劳动，之后会有从4号焚尸场过来的60名特遣队员替换他们，值夜班。

穿过大门以后，我们到达了一片开阔地，看起来像是一座院子，院子中间有一座小房子，屋顶覆盖着茅草，石膏墙皮已经剥落。这是一座典型的德国乡村房子，它小小的窗户上钉着木板。事实上，由于它的茅草屋顶随着时间的推移已经发黑，它的墙皮由于多次翻新而片片剥落，它肯定是一座超过150年的乡间小屋。

为了在这里建立集中营，德国已经征用了奥斯维辛附近的整片村庄，命名为比尔克瑙。除了眼前的这座小房子以外，这附近所有的房子已经被拆除，村民也已经被疏散。

那留下这座房子又有什么用处呢？是要住进这里吗？要是那样的话，房子内部必须分出隔间来。或者保持一个大房间而不进行划分，是要将它用做修理厂或储藏室？我在心中问了好多问题，但都没有答案。无论如何，它现在的用途是脱衣室，是为去往火葬柴堆的人准备的。他们在这里脱去死人们的破旧衣物，还有他们的眼镜和鞋子。

那些在犹太人卸货坡道被筛选掉的人正是被送到了这里，意思是说，四座焚尸场都没有他们的地方了，等待他们的是最差的死法。这里没有水龙头可以缓解他们数日旅途的口渴，没有骗人的告示来平息他们的忧虑，没有伪装成消毒室的毒气室。有的仅仅是一座小房子，一座覆盖着茅草、粉刷成黄颜色的小房子，这里的窗户都被木板钉死了。

在房子后面，巨大的烟柱直冲云霄，散发出焚烧肉体和烧焦毛发的味道。院子里挤满了5000个惊恐的灵魂。四周是党卫军围成的密密的警戒线，他们用皮带牵着警犬。囚犯们被赶到脱衣室去，一次三四百人。在那里，他们遭到警棍雨点般敲打，他们脱去了衣服，然后从房子的另一扇门走出去，走在前面的人要不断地为后面出来的人腾地方。一走出门，他们还没来得及看看周围的环境，也来不及意识到他们恐怖的处境，一名特遣队员会立刻上来紧紧地擎住他们的胳膊，然后控制着他们，夹在两排党卫军中间，沿着蜿蜒的小路向前走去，路的两旁都是树林，他们走得急匆匆的，然后到达火葬柴堆，它就隐藏在树林中间。

火葬柴堆是一条大约50米长、6米宽、2米深的壕沟，里面有一大堆正在焚烧的尸体。党卫军沿着壕沟一侧的小路站着，以五米为间隔，等待着他们的牺牲品。他们手持6毫米的小口径武器，这种武器就是集中营里从脖子后面射击用的。在小路的尽头，两名特遣队员紧紧地抓着受害者的胳膊，然后把他们拖到距离党卫军士兵15到20米远的地方站好。他们惊恐的哭叫声盖过了枪声。开枪之后，受害者立刻就被扔进壕沟，不管他是不是已经死了。50米之外，一模一样的场景也在同时进行着。党卫军二级小队长莫勒主管这些屠夫。

作为一名医生，同时也是目击者，我发誓莫勒是第三帝国最卑鄙、最邪恶、最冷血的杀手，即使门格勒博士不时表明他是人类。在"筛选"的时候，当他看到一名年轻的女子非常想要和母亲站在左边一列的时候，他对那名女子粗暴地咆哮着，命令她站回右边。即使1号焚尸场的头号杀手二级小队长墨斯菲尔德发现第一枪没有杀死受害者的时候，也会再补射一枪。但二级小队长莫勒在这种小事上从不浪费时间。在这里，绝大部分人还没死就被扔进火坑。要是哪个特遣队员从脱衣间到火葬柴堆的过程中由于感慨而慢了一拍的话，那么整个链条都被打断了，结果就是射击队的队员被迫多等几秒钟，才能迎来下一名受害者。

莫勒无所不在。他不知疲倦地从一个火葬柴堆到另一个火葬柴堆，或是去到脱衣间再返回来。绝大部分时候，被驱逐者在走向死亡的过程中不会反抗。他们在得知要发生的事情之后，是如此惊恐和害怕，以至于全身瘫软。绝大部分的老人和孩子都是这种表现。但是，仍然会有一些年轻人被送到这里来，他们因绝望而生出力量，本能地试图反抗。

要是莫勒碰巧看到了这样的情景，他会从枪套中拿出他的佩枪。枪响之后，一颗子弹从40、50米远的地方飞来，那个正在挣扎的人立刻死掉了，而此时，两名特遣队员还夹着他的胳膊准备将他送去火葬柴堆。莫勒就是头号杀手。当他对特遣队员的劳动不满意的时候，他的子弹常常会射穿特遣队员的胳膊。在这样的情况下，他当然会瞄准胳膊，但却在脸上没有显示出任何不满,而且也不会给出任何提前警告。

当两个火葬柴堆同时运转的时候,一天会烧死五六千人。比焚尸场好一点,但是这里,死亡要恐怖一千倍,因为一个人要死两次,先是被从颈后射来的子弹杀死,然后被火烧掉。

在知道了毒气杀人、氯仿注射、颈后射击这些杀人方法之后,我现在又知道了第四种"组合"式杀人方法。

我将受害者们留下的药品和眼镜都收集起来。我感到一阵晕眩,我的膝盖还在因激动而不停地发抖。我开始返回1号焚尸场,引用门格勒博士的话,那里"并不是疗养院",但至少是一个让人活得体面的地方。在看过火葬柴堆之后,我倾向于同意他的观点。

一回到焚尸场,我没有去管那些药品和眼镜,而是进了我的屋子,服用了镇静剂,然后倒头便睡。今天的剂量是30毫克,希望它足够抵消今天在火葬柴堆的所见所闻引起的不适。

14 清算捷克营

第二天我醒来后，想知道新的一天会有什么启示。这里的每一天都有不同的启示，比一个正常人所能预想到的任何事情都要更加可怕。

我从一名消息灵通的特遣队员那里得知，集中营处于严密的隔离中。这意味着没有人能够离开营房。党卫军与他们的警犬就在外面全力戒备。今天他们将去大清洗捷克营。

捷克营包括 1.5 万名被驱逐者，他们都来自特莱西恩施塔特（Theresienstadt）犹太人区。和吉卜赛营一样，这里也有着浓厚的家庭氛围。被驱逐者们在刚到达的时候没有被"筛选"，他们原封不动地被送到这里居住。无论什么年龄，身体状况如何，他们所有人都被允许保留他们的干净衣物，居住在一起。他们的物资配额很少，但还算可以忍受。与其他营区不同，他们不需要劳动。

因此，他们在那里生活了两年，直到消灭他们的时刻到来。在集中营，被消灭是早晚的问题。在奥斯维辛，是生是死永远不是问题，区别只在于时间——你会在何时死去。没有人能逃脱。一辆满载匈牙利被驱逐者的车缓缓停下，在集中营里，他们使用"货物"来描述这些人，有的时候会同时来两辆车，"吐出"它们装载的囚犯。无处不在的门格勒博士并没有对他们免除筛选的程序。他像一座雕塑一样站在那里，他的手臂总是指向同一个方向：左边一列。因而整个队伍全部被加速送进毒气室或者火葬柴堆。

尽管配额物资每天不断地从更远的营地运来，隔离营、C营、D营和F营仍然过度拥挤了。在捷克营，经过两年的折磨，老人和孩子已经极度虚弱。孩子的身体几乎皮包骨，年龄大的囚犯如此虚弱以至于无法行动。老人和孩子都不得不给后来的人腾出地方，他们身强力壮，可以劳动。

在之前的几个星期，他们的处境已经持续恶化。当第一批匈牙利被驱逐者到来的时候，他们的配给就急剧地减少了。然后，几周以后，新到来的被驱逐者的数量已经到了泛滥的地步，营地的管理者已经意识到他们面临着严重的食物短缺。按照惯例，他们的补救措施很激烈但很有效：他们几乎切断了整个捷克营的配给。

饥饿减少了囚犯们的吵闹与呻吟。仅仅几天的时间，他们已经非常虚弱的器官就全部衰退了。腹泻、痢疾和伤寒开始夺去他们的生命。每天死 50 到 60 个人很正常。他们最后的日子是在难以形容的痛苦中度过的，直到最后死神降临，将他们解脱。

关闭所有营房的命令是一大清早颁布的。数百名党卫军将捷克营齐齐围住，命令其中的囚犯列队站好。当他们被塞进车里时，他们由于害怕而哭喊的声音惨不忍闻，在经历了两年的集中营生活之后，他们对于将要发生的事情不再抱有任何幻想了。"清算日"当天，捷克营一共清理出大约 1.2 万名囚犯。在这 1.2 万人中间，1.5 万名身体强壮的男人和女人被挑选出来，同时被选中的还有八名内科医生。其余的人都被送到了 2 号和 3 号焚尸场。次日，捷克营变得寂静和荒芜。我看到一辆卡车载着骨灰，奔着维斯瓦河驶去。

因此，奥斯维辛的花名册上减少了超过 1.2 万个"单位"，而奥斯维辛的档案上又多了更血腥的一页。这一页包括以下几句简单的描述："奥斯维辛集中营捷克区的囚犯由于暴发伤寒而在这一天被清算。签名：门格勒博士，党卫军一级突击队中队长。"

多亏有了爱泼斯坦博士的介入，这 8 名来自捷克营的医生才能幸免于难。他们被安排到 F 营区医院，一方面是因为他们在之前照顾他们的囚友时所付出的超出常人的努力使得他们身心俱疲，另一方面是因为他们已经感染了伤寒。

捷克营清算次日,我到 F 营作了一次正式的拜访。在那里,我见到了 8 位死里逃生的医生,并有机会与他们交谈。其中与海勒博士的交谈非常特别,他的名字在医学界是众所周知的。从他的口中,我知道了捷克斯洛伐克犹太精英完整的故事,有痛苦,也有死亡。后来,8 个人都死了。他们是真正的医生,我怀着尊敬的心情将他们的故事记在心中。

15 "错误"的诊断

坐落在捷克营附近的 C 营是由匈牙利女性犹太人组成的,尽管每天都有不少人被送到其他营地,但这里的人数曾经多达 6 万人。就是在这个人数过多的营地里,有一天,医生们在一个囚犯身上发现了猩红热的症状。按照门格勒博士的命令,该营房连同左右两边营房的囚犯都被隔离了。隔离的时间很短,就是从早晨到晚上,连 12 个小时都不到。黄昏的时候,卡车载着这三个营房的囚犯送到了焚尸场。门格勒博士就是用这种有效的手段阻止传染病传播的。

捷克营和 C 营的囚犯都已经领受了门格勒博士对抗传染病暴发的手段。幸运的是,分配到这些营房的医生很快就弄清楚了门格勒博士控制传染病的方法。从那时起,他们就小心翼翼,不把营房中有谁得了传染病的消息泄露给党卫军的医疗机构。到目前为止,他们尽可能地经常在营房的角落里偷偷藏起生病的囚犯,并在能力所及的范围内给他们最好的照料,虽然资源很贫乏。他们不惜一切代价避免将病人送到营地医院,因为一旦党卫军的医生检查囚犯后发现了接触性传染病的症状,他们就会清算疾病发源地的囚犯,同时也会将旁边营房的囚犯一并清算。党卫军的医疗术语把这种方法叫做"对抗传染病传播的集中战斗"。这种战斗的结果就是接下来会有一卡车或两卡车的骨灰……

举了上面的例子后,现在解剖台上躺着的两具女性尸体就来自 B 营区医院。门格勒博士命人将她们送到我这里尸检,我同时也收到了详细记载死者的医学信息的病历。我注意到在表头的"诊断"一栏分别填着"伤寒症"和"心力衰竭"。两个表述的后面都跟着问号。

我并不是那种做事前要三思、反复权衡利弊的人。我决定很快,出手也很快,特别当它是一个重要决定的时候。结果并不总是很明智。事实上,我到焚尸场工作,就是一拍脑瓜作出的决定。

我很快再次下定了决心。我不打算在给门格勒博士的尸检报告中作出一个伤寒症的诊断。对病人病情的描述可谓漏洞百出。诊断后面还跟着一个问号。进行诊断的医生明显在这件案例上对自己的判断不自信。尸检结果则会决定他的判断是否正确。这也就是这两具尸体送到我这里的原因。

我进行了尸检。两具尸体的小肠都有第三周病程伤寒症的溃疡症状，脾脏已经肿胀。所有的猜测都可以弃之脑后了，两个病例都是伤寒症导致的死亡。

门格勒博士像往常一样在下午五点到了这里。他看起来心情很好，他过来问了我好几个问题，对我的尸检报告充满了好奇。两具尸体开膛破肚，躺在解剖台上。两具尸体的大肠、小肠、脾脏等器官已经清洗干净放在容器中，等待检查。

我告诉了他我的诊断：小肠炎症并发大面积溃疡。为了让门格勒博士更明白，我向他详细说明了小肠在伤寒症第三周病程时候的溃疡状态，并将同一器官刚刚发炎时候的溃疡状态与之进行了比较。我提醒他注意一个现象，那就是脾脏的肿胀常常伴随着小肠发炎，因此，它并不是由伤寒症引发的，而是由小肠严重发炎引发的，可能是由于肉中毒引起的。

门格勒博士是一个人种生物学家，而非病理学家，所以说服他相信我的诊断并不难。然而，之前这个错误显然惹怒了他。他对我说："要是你想知道我的意见的话，犯了这种愚蠢错误的医生简直应该被判刑，他们在集中营里当医生的作用显然没有当修路工人的作用大。像这种低级的诊断不知会导致多少不必要的死亡。"

他拿起了尸检报告和病历，但在把它们放到公文包之前，我越过他的肩膀看到他在文件的空白处加了一行批注，

"让女医生对此事负责"。我对那些犯错的无辜女同事们感到非常抱歉,她们的诊断非常棒。或许她们现在已经失去作为医生的权力,而去进行繁重的体力劳动。如果门格勒博士以此威胁她们,那我才是这件事情的起因。

就像我在进集中营之前行医时有过的不合职业道德的行为,我充分意识到我的过失。我使两三个无辜的人受了委屈。但如果我选择了另一种做法,那么门格勒博士在控制传染病的道路上会走多远,又有多少人会无辜受难?

然而次日,我听到了关于我的同事们的命运令人欣慰的消息。门格勒博士确实训斥了她们,但那件事到此为止。女医生们继续从事她们的工作。随后更多的尸体被送到我这里来,同时送来的还有病历,但是诊断一栏永远空着。我更喜欢这种方式。然而,门格勒博士由于诊断书上的"错误"而迁怒一事在我脑中翻来覆去好几天。一个医生既吹毛求疵又恶贯满盈,这让我非常惊讶,即便他身在集中营中。他不是普通意义上的医生,而是一个罪犯,或者更准确地说,一个"罪犯医生"。

16　重回下营

一天清晨，门格勒博士派人叫我立即到 F 营指挥部报到。我很乐意前往，这会给我一个远离焚尸场压抑氛围几个小时的机会。我知道，走走对我的身体也有好处，我几乎没有什么锻炼的机会。同时，在闻多了解剖室与焚尸场的气味之后，我也希望能够呼吸一点新鲜空气。除此之外，这次"拜访"也能让我有机会同 F 营的同事们交流，他们曾在我第一次去 F 营的时候给予我热情的欢迎。为了此行，我在我的口袋里装满了珍贵的药品与好几包香烟。我可不想空手而去我曾经的"家"，也就是 12 号营地医院。

我穿过焚尸场的铁门，向着 F 营的方向出发了，警卫在我出门的时候登记了我的号码。我走得并不匆忙，想享受一下这难得的短暂的步行。我经过了带刺铁丝网围起来的女囚营，简称"FKL"营，在那里，成千上万的女囚在营房来回走动，而所谓营房，不过是一些简陋的棚屋。所有的女囚看起来都一样，而且，由于她们都剃了光头，衣衫褴褛，让人很不愉快。我想起了我的妻子和女儿，想起了她们长长的卷曲的头发，想起了她们时髦的穿着与高雅的品位，想起了她们常常在一起讨论那些对她们来说极为重要的女人话题的悠闲时光。

自从我们在站台分离后，已经过去三个多月了。她们遭遇了什么？她们是否还活着？她们还在一起吗？她们是否还是奥斯维辛集中营的女囚，还是可能已经被送往第三帝国更远的集中营了？三个月的时间很久，但在集中营的三个月更漫长。然后，我有强烈的感觉，她们仍然在奥斯维辛。但是在哪儿呢？在这个铁丝网围起的复杂迷宫里，哪一段才是围住她们的栅栏？我四处张望，但我只能看到巨大的铁丝网迷宫、混凝土电线塔以及禁止出入的警示牌。集中营仅仅就是铁丝网的世界，整个德国也都被铁丝网围着，它本身就是一个巨大的集中营。

我到了F营地的大门。入口处有党卫军警卫把守。一名士兵和一名面露凶光的党卫军下士正在执勤。我走近警卫室的窗口，拉起西装外套的袖口，报上我的编号：A8450，这一切都是规定好的程序。当我将袖口放下的时候，我的腕表很显眼，这是门格勒博士授权我佩戴的，因为我在工作的时候需要它。保留着这样的物品在集中营中就是犯了大忌。党卫军下士突然站起来冲出警卫室，那速度和暴怒的程度就像一只饥饿的猛虎。

"你以为你是谁啊!还戴着块腕表!"他粗鲁地冲我喊着,"你来 F 营有什么事?"

在焚尸场三个月的"学习"就像学校一般给我印上烙印。我没有失去耐心,甚至连睫毛都没有眨一下,只用平静的声音回复他。

"我之所以到这里来是因为门格勒博士请我来的,"我说,"但是如果我进不了 F 营的话,那我就回焚尸场去了,然后在电话里告知门格勒博士发生的事情。"

门格勒博士这几个字像魔法般发挥了作用。只要这几个字一出,大部分人都会颤抖。这名下士瞬间就变得驯服了,并且几乎是用奉承的语气问我打算在营地里待多久。

"你看,我必须将这些信息记下来,"他歉意地补充道。我看了看表,现在已经 10 点了。"我将会待到下午 2 点,"我说,"但前提是门格勒博士和我的工作确实做完了。"此时我从口袋中掏出一包烟,然后递给他几支。显然他对于这份礼物非常高兴,他对我说话的方式立刻变得友好起来,还表示很乐意在我下次"拜访"这里的时候看到我。

毫无疑问,"门格勒博士"这个名字、焚尸场的提法以及拿出香烟这种炫耀的行为都给这名党卫军下士留下了强烈的印象。现在我确定我可以与我以前的朋友们至少待一两个小时了,但在此之前,我得先弄清楚门格勒博士叫我来这里的目的。

我进了营区指挥部的营房，等在外面的大厅，直到一个办事员过来问我有何公干。我告诉他我此行的目的。他指了指屋子另一头的一扇门。我穿过屋子，进了一个装修豪华的书房。墙上挂满了图表，显示了不同时期集中营的人口与组成。我注意到墙上显著位置挂着一个华丽的画框，画框中是海因里希·希姆莱巨大的肖像画，画中他的夹鼻眼镜巧妙地架在他的鼻梁上。

屋里坐着三个人：门格勒博士；一级中队长蒂洛博士，集中营外科主治医师；二级中队长沃尔夫，全科医疗服务主任。我之前没有见过沃尔夫博士，门格勒博士向沃尔夫博士介绍我，说我在焚尸场从事解剖工作。

"真有趣啊，"沃尔夫摸着他的下巴说，"门格勒博士曾经向我提起过你的工作。我对病理学尤其感兴趣，要不是最近工作太忙了，我早就想拜访你了，顺便看看你的一些更有趣的病例，博士。"

我在等着看他还会说些什么。

他继续说，"目前，我正在从事一项非常重要的科学研究。但为了完成这项研究，我需要你的帮助。这就是我让门格勒博士今天邀请你到这里来的原因。"他停顿了一下，接着又说，"如你所知，痢疾在集中营里非常普遍，而且90%以上的病例是致命的。我了解这种疾病的初期症状与发展过程，因为我已经做了数千次的检查并做了精确的记录。但我的工作并不完美，因为除了临床观察外，一项科学研究需要具有决定性的基于大量痢疾病例研究的病理学报告。"

我开始看到了光明。沃尔夫博士也参与了研究。在焚尸场的恶臭与烟雾之间，他也希望能从集中营数以万计的人类小白鼠身上获益，很多囚犯的体重在患痢疾时会不可思议地减少到27至30公斤。他希望通过对大量尸体的解剖，能够揭开对于医学科学来说仍旧未知的痢疾的体内临床表现。

门格勒博士想要解决种族的繁殖问题，以这些囚犯为人体实验原料，更准确地说，是以这些囚犯中的双胞胎为原材料，这些原材料可以随心所欲地得到。沃尔夫博士研究痢疾的病因，事实上，原因一点儿也不难断定，即使是外行也知道原因。痢疾的发生遵循如下的规律：任何一个人，无论是男人、女人还是孩子，把他从他的家里抓走，把他与几百个人塞在密封的车厢里，在那里精心准备一桶水，等他们在犹太人区度过六周之后，把他们一并送到奥斯维辛。在这里，以千人为单位把他们放在像牛棚一样环境脏乱差的营房当中。给他们定量供应的食物，是用野栗子制成的发霉的面包，上面抹的是含有褐煤的人造黄油，再配上30克用带病的马肉做成的香肠，全算下来食物热量不超过700卡路里。为了吃完这些难以下咽的食物，会给他们喝半升用荨麻和野草做成的汤，没有脂肪、没有淀粉、没有盐。四周以后，痢疾就如约来临了。然后，在三到四周以后,病人会被"治愈",因为无论他们接受哪一名营地医生迟来的救治,他都会死去。

按照沃尔夫博士的说法,他的关于病理学方面的研究至少需要150具尸体。门格勒博士博士打断了谈话。

"如果每天解剖7具尸体的话,"他说,"你应该可以在三周内完成需要的数量。"

我不同意这种说法。"抱歉,先生,"我说,"如果需要完成好这项工作并得到准确的数据的话,我每天只能解剖3具尸体。当然,我对自己的工作很有信心。"又经过几轮讨论之后,我们最终同意了这个观点。在匆忙的告别之后,我离开了。

我拜访了我在12号营地医院的同事们。他们对于我带来的药品喜出望外,满足地吸着我发给他们的香烟。他们脸上的表情和说出的话暴露出他们的劳累与气馁。捷克营事件的突然发生与悲剧结果对他们产生巨大的影响。慢慢地,他们被自己绝望的处境压倒了,这样的处境同样也压倒了我,但却稍有不同。我不是逐渐意识到这一点的,是在迈进焚尸场门槛的一刹那就领悟了。

然而,我尽最大的努力劝慰他们,让他们坚持下来。我给他们描述了一些军情的细节,并告诉他们情况如何一天一天对我们有利。自从我每天读报之后,我可以举出一些具体的例子来支撑我的观点。在一番热忱的握手言欢之后,我离开了那里。在集中营里,"与朋友告别就像奔赴死亡一样"的表达有着别样的含义。

每次离开他们的时候,我都觉得我有着坚强的性格,倒不是因为恐惧而吹嘘,因为就我所处的艰难处境来说,我仍然鼓励他们要保留希望。

二级中队长沃尔夫手中那些全部死于痢疾的病人不断地经过我的解剖刀。我已经完成了30具尸体的解剖工作,正在记录我所观察到的结果。每个病例的胃黏膜都已经发炎,这会导致发热,或者导致胃部分泌氯酸的腺体完全萎缩。胃液的缺乏会导致不消化,但会相应地增加发酵作用。

我在第二步观察的是小肠的发炎情况,同时伴有小肠壁变薄的现象。第三步观察的是小肠中最重要的消化液——胆汁,它对于脂肪的消化是不可或缺的。在打开肝脏之后,我发现常见的黄绿色胆汁几乎被没有颜色的液体代替了,小肠中的食物没有受到任何影响,证明这种无色的消化液根本没有消化的功能。

我在第四步不得不观察一下大肠的炎症,结果发现肠壁萎缩、变薄与过分变脆,几乎相当于香烟纸的厚度和硬度了。事实上,这已经不能称之为消化道了,而应该称之为下水道,所有东西都直接流过去,从一头到另一头只需要几分钟的时间。

这些便是我尸检报告的主要内容,用了极其概括的形式,以及外行都能看得懂的表达。分配给我的工作极为单调,无法引起我的任何兴趣。细菌实验可能正在里施高

(Risgau)村进行,距离焚尸场大约3公里远,被称为"党卫军卫生与细菌研究所"(SS Army's Institute of Hygiene and Bacteriology)的地方,著名的曼斯费尔德教授掌管那里的工作,他同时也是佩奇医学院(Pécs Medical School)的院长。

17　新来三名助手

我正在午睡的时候，二级小队长墨斯菲尔德推搡着三名囚犯进了我的房间。他通知我，门格勒博士派了三名助手给我。说话的时候，他朝他们三个人看了一眼，眼神中混合了鄙夷与怜悯。

他们确实看起来很可怜，穿着破旧的衣服站在那里，由于受到非人的虐待，他们已经哑到说不出话来，非常害怕，而且由于环境的改变而相当的笨拙和局促。在迈进焚尸场大门的时候，他们已经将所有的希望都放弃了。

我向他们伸出双手，表示友好与同情。我们互相介绍。最先拉住我的手的是丹尼斯·高洛克博士，来自松博特海伊（Szombathely）公立医院的内科医生与病理学家。他瘦瘦小小，大概45岁，戴着厚厚的眼镜。他给我的印象极好，我有一种预感，我们会成为很好的朋友。第二个和我握手的人大概 50 岁，脊背几乎弯到了极点，他大腹便便，有一张令人极不愉快的脸。他的名字是阿道夫·费舍尔（Adolph Fischer）。他在布拉格病理学研究所（Prague Pathological Institute）做了 20 年的实验室助理。他是捷克斯洛伐克犹太人，成为集中营的囚犯已经 5 年了。第三位新来者是约瑟夫·科尔纳博士，来自法国尼斯市，被关押在集中营已经 3 年了。他仅有 32 岁，很年轻，话很少，但极有天赋。

门格勒博士把他们从 D 营中解放出来，然后送到我这里来当助手，这样就不会由于缺乏人手而影响了日益增多的尸检工作的开展。我仍继续负责已在进行中的研究项目，保管档案，撰写所有基于解剖的报告。两名医生协助我解剖，实验室助理员出于对专业的自信，负责准备尸体。他会将颅骨打开，取出并准备好特定的器官以备进一步检查。在解剖结束后，他会将尸体从解剖台上搬走，并确保解剖室与工作室整洁干净。

分配给我的助手可以胜任这份工作，他们可以与我一同承担重任。不可否认，这使我的工作轻松了许多。

18 别救了,让上尉去吧

作为特遣队医生,我需要每天早晨查房。四座焚尸场都在火力全开。昨天晚上,他们将来自地中海科孚岛(Corfu)的希腊犹太人焚化了,那里是欧洲最早形成的社区之一。受害者被囚禁了27天,没有配给任何食物和水,先是囚禁在汽艇中,后来是密封的车厢里。当他们到达奥斯维辛的卸货站台的时候,门打开了,但没有一个人从车厢里爬出来,更别提站成一排等候筛选了。他们中有一半人已经死了,另一半已经处于昏迷状态。这一整队被放逐者全部被送到2号焚尸场,无一例外。

焚尸场在晚上会加速运转,所以早晨的时候,整支队伍只有一大堆破旧脏乱的衣服还留在焚尸场的院子当中。我悲伤地注视着堆成山的衣服在秋雨的滋润下潮湿、发霉。我不经意间向上望去,看到焚尸场烟囱四角的避雷针已经扭曲变弯了，那是前一夜连续运转产生高温所导致的结果。

今天，在我晨间查房的时候，4号焚尸场正有一例极为严重的病情等着我。一个特遣队司机试图服用过量的安眠药自杀。这在奥斯维辛是很常见的自杀办法。这名特遣队员毫无疑问收集了大量的安眠药，当他们每天穿梭于死者剩余物品中间的时候，可以轻易发现大量安眠药。

走近他床边的时候，我有些激动和失望，躺在床上的不是别人，正是"上尉"。人人都这么叫他，因为没人知道他的真名是什么。他是雅典的本地人，曾在正规军中担任上尉，也曾担任希腊王室子女的家庭教师。他客气、聪明，在集中营里待了三年。他的妻子和女儿一来这里就被送进了毒气室。现在，由于失去了知觉，他安静地睡着。他可能在几个小时前服用了大量的安眠药，然而我发现，至少在现在，他没有什么真正的危险。特遣队员都围在床边，轻声但无奈地恳求我，"让上尉去吧。"

"别救他了，"其中一名特遣队员说，"你只是在拖延痛苦而已。你也看到了，他现在只想逃离这痛苦，而不是等待几周后行刑队带来的痛苦。"

其他人的论调也大致相同，但我默默地准备工具。看到他们的建议对我没有任何作用，他们中的很多人失去了耐心，甚至都没有多余的话告诉我他们看到我的行动之后的想法。无论如何，我完成了注射，离开了那里。除非他在接下来的五六天里得了肺炎，否则他应该会活下来。然后在接下来的几周里,他会继续拨着焚尸场的炉火,继续焚烧成千上万被毒气杀害的同胞。直到有一天,特遣队的末日来临,他与他的特遣队同伴们在焚尸场外站成一排。一阵机枪响声之后,一切都结束了。他和他的同伴们倒下,眼中充满了恐惧与惊骇。

既然我不在他的床边了,既然他的脸上已经没有了那种需要医生的渴望,我内心尚存人性的那一部分不得不承认,他的同伴们说得没错,我本应该"就这么让他离开",不是让他倒在冷冰冰的机枪下,而是让他在这种愉悦的昏迷包围中离去,只有这样,他才能从道德和身体的痛苦中解脱。

我完成了查房,回到1号焚尸场。我环顾了一下解剖室,看到我的新同事正在一具沃尔夫博士送来的死于痢疾的尸体上忙碌着,带着新手的热情。他们的胡子刮得很干净,套着整洁的白色工作服,穿着新衣服与合脚的鞋子。他们看起来又像是正常人了。看到他们穿着白色工作服,戴着橡胶手套围站在解剖台边,任何一个对这里的工作不熟悉的人都会以为,这里是某个重要科学研究所的实验室和解剖室。但对于在这里工作了三个月的我来说,这里并不是科学实验室,而是伪科学。

诸如人种学研究、优等民族的概念、门格勒博士关于双胞胎起源的研究,这些根本就是伪科学。还有一种理论同样荒谬,即认为被屠杀的侏儒与残疾人是退化人种,他们证明了犹太民族的劣等性。诚然，这些理论还没有立刻传播，因为德国人还没有做好接受它们的准备。但当超级人种取得了最后的胜利，赢得了战争并占领了与之关系重大的领土，那么，这里被杀害的残疾人和侏儒的骨骼就会陈列在博物馆宽敞的大厅里，旁边的提示板将标明他们的姓名、年龄、国籍、职业等。然后，在一年一度的胜利纪念日当天，第三帝国的数以万计的学生会在他们的教授的带领下穿过大厅，瞻仰他们杰出的先辈的光辉业绩。

通过人种战争的胜利，他们的祖先实现了历史委托给优等民族的神圣的使命，他们把周边民族推到了与他们的劣等性相应的位置上去，这些民族包括法国人、比利时人、俄国人和波兰人。更进一步，他们会彻底颠覆一个欧洲民族——犹太人，这个曾经具有比他们的历史还要长久的6000年历史的民族，却没有权利再多生存几个世纪了。为什么呢？因为在漫长的历史进程中，犹太人已经退化成侏儒和残疾人。因为与其他人种交配，他们受到退化的威胁，他们会玷污唯一的纯种人：雅利安人。

由于他们的血液，犹太人对那个伟大的优等民族是有害的。此外，他们的危险性在于他们的老师、艺术家、商业家与金融家过于强大，他们扬言要征服整个欧洲。通过毁灭这个民族，第三帝国的第一元首使自己"名垂千古"，赢得了世界上所有文明国家的"尊重"与"感激"。

正是建立在这种荒谬的理论基础之上，纳粹挑起了与整个世界的战争,先通过驱逐,再摧毁几乎整个欧洲的犹太人,甚至连刚出生的婴儿都不放过。德国的一切都是虚伪的。他们将这场战争称之为讨伐。在他们的眼中,整个苏俄是一片荒凉的大草原,蒙古的野蛮人是对文明的威胁。法国是感染梅毒的国家,正走在解体的道路上。英国全是无药可救的酒鬼,上至首相下至平民,绝大部分人都患有戒酒性谵妄症。而日本人(他们中的大部分人被归类为蒙古人)则被认为是值得尊敬的雅利安人,这是时势所需。

他们的整个人生观就是一个谎言。他们的女儿和由于战争而失去丈夫的寡妇们可以怀上任意一名男子的孩子,并得到国家的感谢。妇女们会从大量的男子中选择一名作为自己孩子的父亲,并在孩子出生时就将这名男子的名字作为孩子的名字。为了种族的繁衍需要这样做。他们的玩世不恭如此彻底和恐怖:有这样一些细节,比如焚尸场地下毒气室用七种语言写成的骗人的标志牌,"浴场"实际上却是毒气室;氰杀粒毒气[①],上面的标签写的是"毒药:用于杀死寄生虫",当然,这里是指人类寄生虫,成千上万

[①] 为了回答关于氰杀粒毒气起源与构成的疑问,尼斯利博士写道,那是在战争期间由 IG 法本公司生产的一种化学物品,虽然它被归类为密制药物,意思是机密或绝密,但他仍能确定其名字氰杀粒是其基本元素的缩写,这些元素是氰化物、氯和氮。在纽伦堡审判期间,法本公司声称他们制造的这种物品就是一般的消毒剂。然后,正如尼斯利博士在他的证词中指出的那样,实际上存在两种氰杀粒,A 型和 B 型。它们装在完全相同的容器中,仅以 A 和 B 标示相区别。A 型是消毒剂,B 型则被用来灭绝了数百万人。——译者注

无罪的犹太人在没有预先得到通知的情况下，几分钟之内就被杀害了。

谁知道谎言会持续多久？也许集中营铁丝网的警示牌上所写的内容也是谎言，也许它根本没有6000伏的电压。但事实上，那并不是谎言，我记得我曾亲眼看见，有一天二级小队长墨斯菲尔德那只巨大的猎犬撞到铁丝网上，就在离焚尸场大门口不远的地方，它立即触电死了。

既然涉及警示牌，我不会忘记提起那个张贴在集中营入口处的告示，所有的囚犯都可以看到它。告示牌上写着这样的忠告："劳动获得自由"。有一个具体的例子来验证这几个字真正意味着什么。一天，一列闷罐车停在了卸货站台。车门打开后，300名囚犯爬下了车厢，他们的皮肤呈现出一种柠檬黄色，他们憔悴得简直无法形容。当他们进入焚尸场的院子的时候，我有机会和他们中的几个人进行交谈。以下是他们谈话的要点："三个月前，我们从奥斯维辛被拉走，去一个工厂生产硫酸。我们走的时候有3000人，但是很多人死于各种各样奇怪的疾病。现在只剩下了300人，我们正饱受硫酸中毒的痛苦。"

在他们被送回来之前，有人告诉他们，他们将会被送到休息营接受治疗。半个小时之后，我看到他们血浆四溅的尸体躺在焚尸场的焚尸炉前。"劳动获得自由"！"休息营"！一个人能得到多么残忍的对待？这些只是众多例子中的一个。再举一例。六月到七月间，数万张明信片被分发给集中营关押的囚犯,他们被告知这些明信片可以寄给自己的朋友或是其他相熟的囚犯。有一件事情被特别地强调,那就是明信片上的地址绝不允许写"奥斯维辛"或"比尔克瑙",而要写"瓦尔德塞",那是一个位于瑞士边境不远的度假小镇。

明信片被按时寄出,并收到大量回复。我看到这些回复都被堆在焚尸场的院子中间烧掉了,根据可靠情报,大约有5万份。把这些回信按照地址分发出去根本不可能,旧的还没有投递完,新的回信就到了,意思是说,回信上的地址已经没有接收者了。这种事情就是通过这种方式来处理的。这种小伎俩的目的就是为了平息公众的恐慌,用来对付关于奥斯维辛集中营这样的"谣言"。

19　这个孩子必须得死

在 1 号焚尸场的毒气室里，3000 名死者堆在一起。特遣队员已经开始清理纠结在一起的人体。电梯的噪音与大门响起的当啷声传到了我的屋里。工作快速进行。毒气室必须很快清理出来，因为下一批囚犯马上就要到了。

毒气室特遣队的队长冲进我屋里来的时候上气不接下气，几乎要把门上的合页扯断，他的眼睛睁得大大的，充满了害怕与惊奇。

"医生，"他说，"快来！我们刚刚发现在尸体堆的最下面还有一个活着的小姑娘！"

我抓起随时准备就绪的工具箱，猛地冲向毒气室。在靠近这间巨大屋子入口处的墙边，我看到一个小姑娘在死亡的边缘苦苦挣扎，她的身体还被其他的尸体压着，不断地抽搐。我身边的特遣队员都陷入了恐慌的状态。在他们可怕的工作中还从未遇到过这种事。

我们把堆积在她身上的尸体移开。我把她幼小的身体抱在怀中，然后搬到紧挨着毒气室的屋子里，那里一般是特遣队员换工作服的地方。我把她的身体平放在长凳上。一个虚弱的少女，她几乎是个孩子，可能不超过15岁。我准备好注射器，捧着她的胳膊。她还没有恢复意识，呼吸困难。我给她进行了三次静脉注射。我的同事们把厚厚的大衣盖在她冰冷的身体上。有一个人跑到厨房取来一些热茶和暖暖的肉汤。每个人都想伸出援助之手，就好像这是他们自己的孩子一般。

反应很迅速。孩子突然间咳嗽起来，咳嗽从她的肺里带出了一大口浓痰。她睁开了眼睛，一动不动地望着天花板。我密切注意她的生命体征。她的呼吸变得更深，越来越有规律。她曾被毒气侵袭的肺部正在贪婪地吸入大量的新鲜空气。注射剂还没有完全被吸收，但我看用不了几分钟她就可以完全恢复知觉。她的循环系统开始使她的面颊恢复血色，她的精致的脸庞也恢复了原状。

她惊讶地四处张望，看到了我们。她还没有意识到发生了什么事情，也不能分辨当下的情况，不知道她是在做梦还是真的醒过来了。一种朦胧的感觉模糊了她的意识。或许她还模糊地记着那列火车，那一列带着她来到奥斯维辛的长长的闷罐车。然后她排队等待被筛选，在她还没弄清楚发生什么之前，她已经被带到一个巨大且明亮的地下屋子里。所有的一切来得如此之快，或许她还记得每个人都不得不脱光衣服。

那种印象令人非常不愉快，但所有人都不得不顺从地屈服于命令。接着她跟着大家来到另一间屋子，全身赤裸。沉默的痛苦侵袭了他们每一个人。第二间屋子同样被强光灯照得无比明亮。在极度困惑中，她的双眼试图穿过乱糟糟的人群找到她的家人，但她却没有看到一个家人。她被紧紧地挤在墙边，她的心已经冰冷，她就在那里等着，不知道将会发生什么。突然，灯光熄灭，剩下她自己被黑暗包围。什么东西刺痛了她的眼睛，抓住了她的喉咙，使她感到窒息。她晕了过去，她的记忆就停在了那里……

她的动作越来越有生气了。她试着动了动她的手，她的脚，把头转向左边又转向右边。她的脸猛地一阵抽搐。突然，她抓住了我的外衣衣领，然后抽筋似地紧紧握住，使出浑身的力气想要站起来。我把她放平好几次，但她继续重复同样的动作。然而，渐渐地，她平静下来，四肢伸直，筋疲力尽了。大大的泪珠从她的眼中泛出，沿着她的双颊滚落。她并不是在哭……我得到了第一个问题的答案。我不想她太过疲惫，只问了几个问题。我知道她已经16岁了，她跟随父母从特兰西瓦尼亚（Transylvania）来到这里。

特遣队员给了她一碗热的肉汤，她狼吞虎咽般地喝了下去。他们不断给她送来各种美味，但我不能允许他们给她吃任何东西。我给她盖好全身，告诉她应该试着睡一会儿。

我的大脑一片混乱。我转向我的同事们,希望能找到解决办法。我们绞尽脑汁,面面相觑,因为我们遇到了最棘手的麻烦事儿。既然这个女孩已经活过来了,那我们应该如何处理?我们都知道她在这里待不长。

对焚尸场的特遣队员来说,如何处理这个小女孩的问题呢?我知道这个地方过去的历史,没有人可以活着走出去,无论是送进来的囚犯,还是特遣队员。

已经没有思考的时间了,二级小队长墨斯菲尔德如往常一样来督察工作的进展。他在经过开着的门边时,注意到我们聚集在一起。他进来问我们发生了什么事情。其实在我们告诉他发生的事情之前,他已经看到了长凳上躺着的女孩。

我给同伴使了个眼色让他们离开。我想尝试一些不用说也注定会失败的事情。在同一个集中营和相同的环境中生活了三个月,使我们之间有了一种亲切感,无论对于什么事情。除此之外,德国人一般都很欣赏有能力的人,只要他们需要这样的人,他们就会在某种程度上尊重他,即便是在集中营。那些补鞋匠、裁缝、工匠、锁匠的例子便是如此。通过我们之间大量的接触,我可以确定,墨斯菲尔德对医学专家的专业素质非常尊敬。他知道我的上司是门格勒博士,集中营里最令人畏惧的人物,他在种族优越感的刺激下,把自己变成了德国医学界最重要的代表。

他认为,将几十万犹太人赶到毒气室里是出于一种爱国的责任。在解剖室中开展的工作有助于德国医学科学的进步。作为门格勒博士的病理学专家,我为进步助了一臂之力,也正由于此,所以墨斯菲尔德对我有某种形式的尊重。他常常到解剖室来看我,我们也曾就政治、军事和各种其他的话题进行交谈。看来,他的尊敬也基于这样一个事情,那就是他认为解剖尸体和他的血腥的屠杀工作是有关联的。他曾是指挥官,也是1号焚尸场的头号杀手。三名其他党卫军担任他的副官。他们一同发明了将子弹射入颈后的"清算"方法。

这种死法是为那些从营中挑选出来的人准备的,或是那些准备从其他营地被送往称为"休息营"的囚犯。当人数仅有500人或更少的时候,他们被这种从颈后射击子弹的方式杀死,而巨大的毒气室需要用来一次性灭绝更多数量的囚犯。因为杀害500人与杀害3000人所需要的毒气是一样多的。杀害这么一点儿囚犯还不值得红十字会的屠夫开着卡车,带着毒药罐出马,也不需要派出一辆卡车来拉走他们的衣服,反正这些衣服与破布无异。正是这些因素决定了一队囚犯应该死于毒气室内还是死于颈后射击。

我要面对的就是这样一个人,我不得不说服他允许这个小生命幸免于难。我平静地叙述我们面临着一件多么可怕的事情。我从他的角度出发,描述了这个孩子在脱衣室所承受的痛苦,和她面临毒气室的死神时的恐怖景象。当屋内突然陷入一片黑暗时,她吸入了少量的氰杀粒毒气。

正是这一点点的毒气,加上大量混乱的人群在死亡面前挣扎,连推带挤,一下子就把她脆弱的小身体挤倒在地。碰巧,她是面朝下摔倒的,她的脸面对着湿润的水泥地板。正是这一点点的湿气使她不至于窒息,因为氰杀粒毒气在潮湿的环境中不会发挥作用。

以上是我的观点,我恳请他为这个孩子做些什么。他聚精会神地听完了我的叙述,然后确切地问我有什么计划。我从他的表情中读到,我已经把一个几乎不可能解决的问题摆在了他的面前。很明显,这个孩子不可能继续留在焚尸场。有一个解决的办法是把孩子放在焚尸场的门口。有一支妇女派遣队常在那里劳动。她可以偷偷地混进她们中间,在她们劳动结束后跟随她们回到营房。她永远不会说出在她身上发生的事情。在这么多人中混进一张陌生的面孔肯定不会被发现,因为营中没有一个囚犯能认识他身边所有其他囚犯。

要是她再大三四岁的话,她就可以参加劳动了。一个20岁左右的女孩已经可以清楚地意识到她能幸存下来是多么大的奇迹,也足够有远见不向外人道出在她身上发生的一切。她会等待合适的时机再去复核她身上发生的事情,就像其他千千万万的人一样。但墨斯菲尔德认为一个16岁的小女孩会天真地向她遇到的第一个人说出她来自哪里,她看到和经历过什么。这个消息会像燎原野火一般,而我们所有人都被迫付出性命来买单。

"这件事没有办法避免,"他说,"这个孩子必须得死。"

半个小时以后,年幼的女孩被指引,或者说被搬到焚尸炉室外的走廊,在那里,墨斯菲尔德命令他的一名部下做了这件事:将一颗子弹射入女孩的后颈。

20 小队长的"私人定制"

在 2 号焚尸场的二楼,党卫军生活区的隔壁是一个木匠工作室,三位木匠在那里辛勤地工作,随便对他们提出任何要求都能得到满足。现在他们正在完成一件"私人定制"。二级小队长墨斯菲尔德利用这个机会要求木匠为他制作一件"贵族式卧榻",那是一种约两张床宽的家具,同时也可以当做沙发使用。命令要求尽快制作完毕。

这件工作不容易完成,但在焚尸场,在命令下达的时候没有"不可能"这个词。木匠们已经从散布在焚尸场院子各处的材料里挑出了所需要的木材。弹簧来自安乐椅,那是被放逐者们为了他们体弱的父母在旅途中更舒适而专门随身携带的。在焚尸场的院子里有数百把这样被遗弃的椅子,我们常常在劳累的工作之后坐在上面歇一歇,呼吸几口新鲜的空气。

就这样，根据要求，那个贵族式卧榻被制作出来了。对于我来说，它是一个奇怪的东西。我看到了它从制作到最终完成的过程的各个阶段。我看着他们安装弹簧，并把一张精美的毯子盖在弹簧上。两名法国电工安装了床头灯，而且专为收音机设计了一个小柜。上过漆之后，它非常华丽。把它放在曼海姆的一个资本家的小屋里，肯定会比放在焚尸场这无聊的阁楼上好看得多。周末的时候，这张卧榻就会被送往墨斯菲尔德在曼海姆的家中。它会一直等在那里，直到凯旋的队长从烦人的战争中离开，躺在上面好好地放松一下疲惫的筋骨。

在它被运走前一周的某天，我从我的房间看到半打丝质睡衣裤——显然是那张卧榻的附属品——正在等待打包。它们用上等的进口丝绸制成，在外面很难搞到，因为即使是最基本的生活必需品，都需要凭票供应。在集中营里当然也有一套配给系统，比之在德国实行的那一套要好得多，谁想要什么物品，都可以得到。在脱衣室里，有很多东西等着你去拿走。每件物品只需要一个代价，那就是从士兵枪口冒出火星，将一颗子弹射入物品原主人的后颈。

通过付出这样的"代价"，党卫军长官们得到了珠宝、皮件、毛大衣、丝绸与极好的鞋子。他们不到一周就会往家里寄一次东西。

在一包被寄出的东西里，除了上面提过的奢侈的物品外，还有茶叶、咖啡、巧克力以及数百个罐头食品，所有这些物品都从脱衣室获得。因此小队长才兴起了制作一张卧榻并寄回家里的念头。

一天又一天，我看着这张卧榻到了快要制造好的最后阶段，一个主意在我脑中有了雏形。一点一点地，这个念头变成了一个计划。再过几周，现任特遣队就要成为历史了。我们都会死在这里，而且我们对此都有清醒的认识。我们甚至已经习惯了这个念头，因为我们知道无路可逃。有一件事让我心烦意乱。已经有11支特遣队死在这里了，随他们一起被埋葬的是焚尸场与屠杀者们的可怕的秘密！即便我们没有办法幸存下来，我们也有义不容辞的责任将这里的一切说出去，让整个世界都知道这里无法想象的残酷，知道那些假冒高级人种的人有多卑鄙！必须要让这个真相离开这里，传到全世界！无论它是马上被发现，还是多年以后被发现，它都会是可怕的指控宣言。这个真相应该包含所有1号焚尸场特遣队员们的签名，他们已经充分意识到自己濒临死亡。这个真相应该藏在这张卧榻里，这样才能运出铁丝网笼罩下的集中营，然后到达二级小队长墨斯菲尔德在曼海姆的家。

我们及时起草了一份檄文。它从足够细致的方面描述了奥斯维辛从建成到现在的恐怖罪行。消息包括集中营里施虐者的名字、我们估计的被屠杀的囚犯的数量，还描述了用来灭绝囚犯的方法及使用的工具。

这份檄文占用了三大页羊皮纸。特遣队的编辑，一位来自巴黎的画家,用心地誊写这份檄文,他使用漂亮的手写字体,就像书写古老的手稿时使用的一样;他用了褪色的墨水,这样字迹就不会变淡。第四页羊皮纸包含了200名特遣队员的签名。这几页羊皮纸用丝线装订在一起,然后卷起来,再装进由我们的一位铁匠专门打造的锌制圆筒里,最后密封好进行锡焊,以保护手稿不被空气和湿气损坏。我们的工匠们将这个圆筒放在卧榻的弹簧中,埋在用于装饰的羊毛丝线里。

另一份檄文,写着几乎一模一样的内容,被埋在2号焚尸场的院子里。

21 杀人根本影响不了我

我已经习惯看到一辆卡车在每天晚上 7 点左右驶进焚尸场的院子,载着 70 到 80 个男人和女人,等待他们的是清算。他们来自营地医院,代表了集中营日常进行的筛选。在集中营里待了几年的因犯,或是只待了几个月的因犯,对于等待他们的命运非常清楚。当卡车驶入院子里的时候,院墙上回响着尖叫声与诅咒的哭喊声。他们知道,在焚尸场,一切逃生的希望都灰飞烟灭了。

我不想面对这每天都发生的景象,一般会退到焚尸场院子里最遥远的角落,坐在那里的一棵松树下。左轮手枪连续的砰砰声与人们的尖叫声传到我耳朵里的时候,我已经麻木了。

然而一天晚上,我的运气耗尽了。从 5 点开始,我一直在解剖室里工作。我不得不检查一个自杀病例,一个从格莱维茨送过来的党卫军二级小队长。一名党卫军上尉和一名办事员在解剖室中列席观看,那名上尉是军事法庭的一名法官。

大约7点钟,当我正在向党卫军办事员口述解剖结果的时候,满载囚犯的卡车驶进了院子。两扇装了防护栏与金属防蚊网的窗户正对着焚尸场的后院。所有的囚犯都非常平静,从这一点,我推断出他们不是从营房中挑选出来的,而是来自医院。他们病得极为严重,过于虚弱而不能尖叫,甚至不能从卡车的升降板上爬下来。

党卫军士兵变得激动起来,冲着他们大声喊叫,催促他们快点下车。没有人行动。司机也失去了耐心。他爬回驾驶室,发动了马达。卡车的货斗开始一点点地抬升,直到突然把所有人倒在地上,所有人扭曲着、翻滚着,疯狂地乱作一团。当他们从卡车货斗里落下来的时候,他们互相撞在一起,他们的头、脸、膝盖直接撞在了水泥地上。最终,一阵可怕的、由于疼痛而引起的集体的哭喊声爆发出来,回响在整个院子里。

那名党卫军军事法庭法官被哭喊声吸引,中断了他的调查,问我:"院子里发生了什么事情?"他走到窗前,我向他解释发生了什么事情。很明显他还不习惯这样的情景,因为他将头转向一边,不赞成地说,"无论如何,他们不应该那么做!"

特遣队员将他们的衣服剥下,堆在院子中间。受害者们被带入焚化室,站在二级小队长的左轮手枪的枪管下。墨斯菲尔德是今天当值的刽子手。他站在焚尸炉旁边,戴着橡胶手套,用他的手稳稳地举起他的武器。受害者一个接一个跌倒,前面倒下去的人就为后面的人让出地方来。没几分钟就要"回轮",这是术语,用通常的话说就是换另外八个人。半个小时以后,所有的受害者都被火葬了。

之后不一会儿,墨斯菲尔德来到我这里,让我给他做个身体检查。他正遭受心脏病的困扰并有很严重的头疼。我给他量了血压,测了脉搏,用听诊器听了心音。他的脉搏频率有点高。我给了他我的意见:他的身体状况无疑是他刚刚在焚化室里所作所为的结果。我想打消他的疑虑,但却适得其反。他突然暴怒,站起来说:

"你的诊断根本不对!无论杀5个人,还是杀100个人,根本不会影响我!如果我有些心烦意乱,那仅仅是因为我喝多了。"

说完这些他转身离开了,非常不愉快。

22　游击队送来武器

我每天晚上睡前习惯在床上读一会儿书。一天晚上，当我正在读书的时候，灯光突然熄灭，集中营的警笛开始发出沉闷的哀号声。无论何时，只要警笛响起，我们就在全副武装的党卫军押送下到达特遣队的避难所，也就是毒气室。

我们带着沉重的心情跨进了毒气室的门内。所有特遣队员都在这里了，200个强壮的人。我们都知道这屋里曾有几十万人死于非命，所以这屋里还保留着可怕的气息。除此之外，我们都知道特遣队员的生命也快要走到尽头。在这样的情况下，党卫军可以很轻易地关闭毒气室的大门，在水泥管里倒入四瓶氰杀粒，然后把我们全部杀死。

事实上，这样的行动并不是没有先例。第11支特遣队的一部分队员曾从D区转移到13营，那里是禁区。他们接到通知，根据上面的命令，他们这一组人将不再居于焚尸场，从此以后就住在13营，他们将继续在焚尸炉前工作。但是，在从营地到焚尸场的路上，他们被分成两队。同一天晚上，他们被带到D区冲洗、换衣服。冲洗完以后，他们被送进隔壁的房间去拿消毒好的衣物。这间房间是真正的消毒室，封闭得也很好。通常情况下，从集中营里收集到的满是虱子的衣服就在那里消毒。特遣队的400个人就这样被清算了。卡车从那里把他们的尸体拉到了火葬柴堆。

因此我们在等待警笛解除的时候，万分焦虑的心情不是没有来由。这次警笛响了三个小时。然后我们从黑暗中走出来，看到几公里长的铁丝网再次被探照灯照亮，接着我们回到了床上。我试着再次睡去，倦意却迟迟不来。

次日，我在"拜访"2号焚尸场的时候，那里的特遣队队长告诉我说，昨天晚上警笛响起的时候，有一支游击队潜入了营地。就在一个偏僻的地方，他们将围绕院子的铁丝网割开，偷偷送进来3挺机枪和20枚手榴弹。特遣队员在早晨就发现了它们并把它们藏在一个安全的地方。

这个消息使我们对未来怀有一些微弱的希望。我们都知道按照我们"走私"的经验来说，武器离我们并不遥远。通过一系列的观察，我倾向于相信当地的地下党就在离营地25到30公里的地方活动。我们希望，在下次警笛的掩护下，他们能够给我们偷偷送来一些武器。最近，警笛天天都会拉响。但对我们来说，只有在夜间警笛拉响，并且持续很长时间的时候,我们的无名但献身于革命的朋友才能接近营地。在这样的警笛响起三四次之后,我们就能得到足够的武器,尝试以武力冲出一条求生之路。

这个未来计划的组织是由3号焚尸场来协调的,并已经与其他几个焚尸场取得了联系。整个计划的进行都极度细心与小心。死神,即那些用机枪指着我们的警卫,监视着我们的一举一动。我们想要活下去,我们想要离开这里。但即便我们中的大部分人都失败了,即便只有一两个人逃出去了,那我们也胜利了,那时候,就会有人告诉整个世界这些死亡工厂里的黑暗秘密。

至于那些注定要付出生命的人,至少他们没有像懦夫一样死在屠夫肮脏的手下。相反,在加入播撒死亡与破坏的种子的杀人兵团之前,他们可以像人一样有尊严地死去,而这将成为集中营历史上的第一次。

23　档案上的油污

容纳 4500 人的吉卜赛营的灭绝时间已到。对付他们的办法和对付捷克营囚犯的办法如出一辙。所有的营房都被隔离了。党卫军牵着警犬，进入了吉卜赛营区，把所有居住者赶到营地外，并让他们列队站好。配给的面包与意大利肠被分发到囚犯的手中，吉卜赛人都以为他们只是迁移到另一个营地去，他们已将谎言当真。这是一个容易且有效的安抚他们恐惧的心灵的办法。没有人想到他们将去往焚尸场，不然为何还要发放食物？

对党卫军来说，他们采取这样的策略既不是出于怜悯，也不是出于对必死者的尊重，仅仅是让这一大群人能够顺从统治者的心意，乖乖走进毒气室，不会因为任何不必要的麻烦造成耽搁，而且只要一个小分队就可以管理得过来。一整夜，1 号焚尸场与 2 号焚尸场的烟囱都向天空喷出愤怒的火焰，这样整个吉卜赛营地的囚犯都将随着邪恶的火光消失殆尽。

次日，一度嘈杂的吉卜赛营变得寂静而荒凉。唯一的声音就是铁丝网互相摩擦时发出的单调的声音，还有伴随着沃利尼亚（Volhynian）草原上吹来的强劲的风而发出的门窗开关的砰砰声以及无休止的吱呀声。

再一次，欧洲的纵火犯们安排了一场盛大的焰火表演。再一次，他们把地点设在了奥斯维辛。然而这一次，被投入火焰中的受害者不是犹太人，而是基督徒，他们是来自德国和奥地利的信仰天主教的吉卜赛人。清晨，他们的身体已经变成堆在院子当中的一大堆散发着灰色光芒的骨灰。12对双胞胎的尸体还没有被投入火焰。在他们被送往毒气室之前，门格勒博士已经在他们的胸口上用特殊的粉笔做了记号"ZS"。

在这些双胞胎中，他们年龄不尽相同，既有刚出生的婴儿，也有16岁的少年。现在，这12对双胞胎的尸体正四肢伸展，躺在"太平间"的水泥地面上。他们全是黑头发、深色皮肤的孩子。把他们按对分开是一件令人非常疲倦的工作。我小心翼翼，不把他们搞混，因为我知道，如果我把这些稀有而珍贵的样本搞错了的话，那么门格勒博士会让我付出生命的代价。

就在几天前，我与门格勒博士一同坐在工作室的桌子旁边，浏览已经建立的双胞胎的档案，这时，他注意到一个文件夹的封面上有一滴淡淡的油污点。我在解剖的过程中常常用手拿着档案,很可能在那个时候滴了一滴油污。门格勒博士目露凶光,看着我严肃地说:

"你怎能对这些文件如此粗心!我在编辑文件的时候对它充满了爱!"

当"爱"这个字从门格勒博士嘴边滑出的时候,我吃了一惊,目瞪口呆地坐在那里,大脑停止了思考,不知何言以对。

24　解剖报告

我极度谨慎地给这 12 对双胞胎做了病理学检查。正如所有人都知道的那样，有两类双胞胎，同卵双胞胎和异卵双胞胎。由同一个卵子发育成的双胞胎常常一模一样，无论是生理结构还是外在表现，性别也相同。他们有很多不同的叫法，比如全等双生、单合子双生或单卵双生。由两个卵子发育成的双胞胎之间在内在特征与外在特征上有一定的相似性，但这种相似就像兄弟间或姐妹间的相似。他们并不是完全一样，而且，有一半的情况是性别互异。他们也有很多不同的叫法，孪生子、两合子双生或双卵双生。

从医学角度讲，这些说法构成了双胞胎遗传的基本定律。这条定律被持有遗传学观点的人广泛使用，他们认为，如教育、营养、疾病等环境因子对一个人的身体、精神及气质的影响微乎其微，遗传起着决定性的作用。如果一个人从他祖先那里得来的特征经过几代以后仍不断显现，它们就是显性遗传特征。

这些显性遗传特征对于人类个体来说可能是优点，也可能是缺点。例如，一口健康的好牙，一头数年也不会变少的浓密的头发，或者高血压、糖尿病等家族遗传病史。精神疾病、抑郁症也包括在内。

这些遗传现象常常在一出生时就显示出来了，无论它是有利的还是不利的，孩子出生时多指或多趾就是一个例子。另外一些现象则会晚一些才显现出来，变成了慢性病，比如癫痫、哮喘、痛风、特定形式的高血压、几种癌症以及老年性白内障，这个只有在60岁以上的老年人身上才会发生。

这些遗传现象有这样一个特点，就是它们在一种性别上发生的比例要高于另一种性别。用性别区分的遗传现象有两种最常见的临床病症，先天性红绿色盲（又称先天性色盲）和贫血症。这两种疾病的遗传只发生在男性身上，从来不在女性身上发生。贫血症是最明显的例子。贫血症最常见的遗传形式是患有贫血症的祖父通过健康的女儿将基因遗传给男性外孙。男性的孩子从来不会直接从贫血症父亲那里获得遗传。所有男性的孩子以及他的后代都是健康的，无论后代是男性还是女性。贫血症父亲所生的女儿表现健康，但她却会携带贫血症的基因，她们的每一个女儿也会将贫血症的基因遗传给她们的子嗣。

我面前的解剖台上躺着一对15岁的双胞胎尸体。我开始对两具尸体进行比较解剖。头部没有什么值得特别注意的。下一阶段就是除去胸骨。这时一个极有趣的现象发生了，有一个久存性胸腺，那是一个继续存活的胸腺组织。通常，胸腺只在儿童身上发现。它从胸骨的上边缘延伸到心脏，因此覆盖了很大的面积。青春期开始后，它开始迅速萎缩并很快完全消失。一旦性成熟后，它就只剩下一小块脂肪，以及之前腺体的纤维组织。

胸腺对于成长的影响非常大。如果它萎缩过快的话，人就不会长大，或许会变成侏儒，除此之外，他的胫骨会非常脆。有些儿童死亡的时候没有发现明显的原因，也没有得病，在对他们进行解剖的时候常常发现发育过快或者腺体分泌过多。在那些极其容易受到感染性疾病侵害的年轻人身上，频繁地发现分泌过多的情况。

因此，在这对双胞胎身上发现的胸腺具有非常重要的意义，不仅仅因为它存在于这对15岁的少年双胞胎的身上，还因为它异常大，它本应该在这对少年12岁的时候就消失了。我解剖了另外两对双胞胎，一对是15岁，另一对是16岁，他们身上的胸腺都已经萎缩了。

我从八对同卵双胞胎身上取下了脊柱的颈椎部分。第四和第五节椎骨呈现异常，这些椎骨在12岁或13岁的时候还没有闭合，仍然保持开放状态，甚至15岁和16岁的双胞胎也是如此。这种异常现象称为"脊柱裂"，是一种病理状态，其后果可能极为严重。

人都是从脊柱的两侧发育的，换言之，向上朝颅骨方向，向下朝骨盆方向，或者更精确地说，朝向尾骨方向。两种方向分别对应颅侧发育或尾侧发育，取决于主要的发育方向。在眼前的病例中，所有的双胞胎都倾向于颅侧发育，因此可以得知"脊柱裂"和还没有闭合的横骨是一种退化现象。

我在五对双胞胎身上发现的另外一个异常情况就是第十对肋骨没有定位。通常情况下，肋骨与胸骨相连，现在它"漂浮着"，这是脊柱向骨盆方向不规则生长导致的结果。

我把这些奇怪的观察结果记在纸上，用我所学到的最为准确和科学的语言把它们描绘出来，写入解剖报告中。随后，我花了整整一个下午与门格勒博士进行了深入的讨论，想要解决几个疑点。在解剖室和实验室里，我不再是卑微的集中营囚犯，我据理力争，解释了我的观点，就好像这是一次医学会议，而我是一名全权代表。我有好几次反驳了门格勒博士，对他其中的一个假设完全不赞同。

在我看来，我的态度，我推测的理由，甚至是我的沉默都是极好的品质，通过这些表现，我成功地使门格勒博士在特别生动的讨论过程中递给我一支香烟，这证明他有一小会儿已经忘了我们之间的关系，要知道，在他面前，即使党卫军都会颤抖。

25　寻找我的家人

有一次，我在对一名年龄很大的男性尸体进行解剖的时候，我在他的膀胱里发现了一些非常漂亮的胆结石。我知道门格勒博士非常热衷于收藏这些物品，我将这些石头洗净晾干，把它们放在一个广口烧瓶中，再用玻璃塞塞住。我在烧瓶上贴了一个标签，上面写了这个人的名字、石头的类别以及它们的病理学特征。当门格勒博士第二天来的时候，我把这个烧瓶给了他。他对这些美丽的晶体赞赏有加，拿着烧瓶来回旋转，仔细观察这些胆结石。突然，他转向我，问我是否听过华伦斯坦勇士的歌谣。他的问题与这个环境完全不协调，但我回答他："我知道华伦斯坦勇士的故事，但却从未听过关于他们的歌谣。"

于是，他面带笑容，开始用德语背诵起来，翻译成英语，大概是下面的意思：

> 在华伦斯坦家族，胆结石的数量要比宝石还多。

我的上司背诵了好几段类似的滑稽歌谣。他现在的心情如此之好，以至于我决定请他帮个大忙，请他允许我寻找我的妻子和女儿。当我将请求说出口之后，我才意识到自己有多大胆，但为时已晚。他望着我，惊讶万分。

"你已经结婚了，并且还有孩子？"

"是的，长官。我已经结婚了，而且我的女儿已经15岁了。"我强忍着激动的心情告诉他。

"你认为她们还在这里吗？"他问我。

"是的，长官。三个月前，当我们刚到这里的时候，您对她们进行了筛选，让她们站在右边一列。"

"她们很可能因此被送往另一个营地了。"他说。

突然，我想到了焚尸场的浓烟，也许她们随着浓烟被送到天上的营地了。门格勒博士坐在那里，头向前倾，看起来像是陷入了沉思。我就一直站在他身后。

"我会发给你一张通行证，允许你寻找他们，但是……"他把他的食指放在唇边，恶狠狠地看着我。

"我懂了，长官。谢谢您！"

门格勒博士离开了。我手里拿着许可证回到了我的房间，心花怒放。一回到房间我就读起来："A8450号囚犯被授权在集中营范围内自由活动。签名：门格勒博士，党卫军一级突击队中队长。"

根据我的经验,像这样的事情从未在集中营发生过。我确实不知道该从何处找起。妇女都被关在 C 营、B3 营区和 FK4 营区。据我所知,绝大部分的匈牙利妇女在 C 营。我决定先去那里试试。

第二天,我起床的时候觉得很累,几乎一夜没合眼。可怕的疑问折磨着我。这里的三个月太长,她们身上有可能发生太多的事情。我在集中营的位置使我清楚地知道在这血腥的围墙里所发生的一切。

我到值班室宣布我会离开一下,我的同事们和我说再见。他们都祝我好运。尽管时间还早,但是当我开始这段 3 公里旅程的时候,八月的白晃晃的太阳已经非常炽热了。从直线距离来说,C 营离得相当近,但我必须行走于铁丝网内,因此不得不绕了很多弯路。我穿过被电网包围的中立区。当有人在迷宫般的电网里穿行的时候,他们会毫无警告地向他射击。摩托巡逻队从我身边经过,我看到他们的脖子上挂着的标志牌用德语写着:"营地警察"。我遇到好几支这样的巡逻队,但没有一支巡逻队过来询问我。

接近 C 营的时候,我看到一扇巨大的铁门在我面前隐隐可见,大门的两侧钻了非常多的陶瓷绝缘孔,再用带刺铁丝网加固。门前是不可缺少的警卫室。几个党卫军士兵正晒着太阳。他们上下打量我,因为我是一位不同寻常的客人,但他们什么话都没说。他们不会干涉他们同事的业务,此刻他正坐在警卫室的窗边。

我走近那名警卫,给他看了我身上文着的编号。他用一种期望的目光看着我。我从口袋里拿出门格勒博士签字的通行证交给他。经过仔细检查后,他让他的同事打开了大门,然后问我会在里面待多久,因为他需要像平常一样在他的登记本上记录下来。

"一直待到中午。"我坦然地说。两个小时是一个很大的人情,但是通常来说,一包香烟的贿赂足以得到他的许可。我递给他一盒烟,然后穿过了大门。

C营的主路看起来有点儿生机,路的两边是破烂不堪、已经褪色的绿色营房。一个妇女被分配搬运一大铁桶热汤,这里的午餐从10点开始。另一队公路派遣员正在紧张地搬运石块,修理营地的路面。主路两边还有很多妇女在太阳下伸展腰肢。她们衣衫褴褛,剃了光头,看起来非常可怜。很多人穿着最不可思议的衣服坐在地上,其中一个居然穿着无袖的晚礼服,她们在忙着给自己或者同伴捉虱子。她们裸露着的身体污秽不堪,长满脓疮。正是在这个营地,经常有一些囚犯被选送到更远的营地去。据我所知,这种挑选进行得非常小心,所有剩下来的人都是最虚弱的。那些被送到更远的营地的人是幸运的,因为她们仍然还有活下去的机会,而留下来的人命运已经注定,就像那些吉卜赛人的命运一样。

我向第一排营房走去。哭喊声与叫声从四面八方向我袭来。那些看起来穿着破布片的人本来是在地上躺着或是四肢着地爬着，看到我以后她们复活过来，离开了她们原来待的地方，向我涌来。大概有30多个人认出我来，把我挤在中间，焦急地问我她们的丈夫和孩子的消息。

她们之所以能认出我来，是因为我现在活得像人一样。但对我来说，想要认出她们几乎不可能了，她们的变化太大了。处在这一群喧闹的人中间令我非常尴尬。随着时间的推移，越来越多的人向我涌来。每个人都想得到一些关于她们家人的消息。这三个月来，她们一直活在一种不可思议的管理制度下，心存恐惧。在这里，每周都有一次筛选。三个月的时间已经足够使她们学会惋惜过去，恐惧未来。

有个妇女问我，她们听说的关于焚尸场的所有事情是不是真的："你在白天看到的烟囱里冒出的漫天浓烟是什么？夜晚烟囱里的火光又是什么？"我试着安慰她，否认了一切猜测。

"这并不是真的，"我重复地回答着她们的每一个问题和猜测。"除此之外，战争快结束了，很快我们就能回家了。"我说的话连我自己都不相信。

我离开了她们，但却没有得到任何关于我的妻子和女儿的消息。我进了第一排营房，让管理员帮我呼叫一下我妻子和女儿的名字，管理员是一个年轻的斯洛伐克女孩。每个营房里大约有800到1000名妇女，她们的床铺靠墙排成一排，她们彼此叠压着。在这里，呼叫一个人的名字并不容易。上千个人的声音淹没了单一的呼叫声。管理员几分钟后回来了，告诉我她的搜寻是徒劳的。我对她的好意表示感谢，然后进入第二排营房。

这里的情况大同小异，同样的情景和同样的结果再一次重复。我又进入第三排营房，站在营房的中间。我再一次让管理员帮我呼叫我的妻子和女儿。她派了两个小女孩沿着营房的两侧寻找，她们在每一层铺位都停下来，然后叫出这两个名字。几分钟后，她们带着我的妻子和女儿回来了！

她们手拉手走过来，她们的眼睛睁得大大的，充满了恐惧，因为她们知道这种个人召唤可能会有什么结果。但她们已经认出了我。她们突然停住，就像脚下生了根一般，吃惊无比。我走近她们，用我的两只手牵起她们，把她们拥入怀中。她们已经哽咽，但却轻轻流出了满足的泪水。我试着安慰她们，让她们放心，但是人群已经朝我们聚集过来。在这种情况下是绝对没有办法进行深入交谈的。我问管理员可否借她的小房间一用。然后，终于只剩我们一家人了。

她们给我讲述了这三个月来她们悲伤的经历：可怕的筛选，直到她们都得以逃脱，但是一想到它就会让她们胆战心惊，因为她们就在焚尸场烟囱附近生活。

她们穿着简陋，遭受着寒冷与永无止境的饥饿。营房漏雨很严重，她们的衣服都不能完全干透。食物难以下咽，更糟糕的是，她们没有办法睡觉。分配给她们的空间可以容纳7个人，但却塞进了12个人。那些在家里养尊处优的妇女们互相推搡，只为了能让自己多出一寸空间，从而可以睡得好一点，即使这样会伤害她们的同伴。所有待在这里的人都已经丢掉了她们以前的品格。无论是朋友还是陌生人，每个人都只关心自己的利益，不愿作出丝毫让步。我的女儿告诉我，她睡在水泥地上，因为在她母亲睡的铺上，没人愿意给她腾出地方来。我的妻子询问了我的工作。我向她解释我是门格勒博士的助手，也是特遣队的一员。经过了三个月的集中营生活，她们知道特遣队就是由活死人组成的派遣队。她们惊骇地看着我，我尽我所能安慰着她们，并答应她们第二天还会回来。

26 逃离 C 营

我找到妻子和女儿的消息在焚尸场引起了轰动。我从服装部拿了厚衣服、亚麻布和丝袜，从清洁用品部拿了牙刷、指甲刀、折叠小刀和梳子。我又从药房取了一些维生素片、治脓疮的药膏以及我能想到的所有有用的东西。我装了一大包，这些给我的妻子和女儿用的话绰绰有余。除此之外，我还在我的麻布袋里装了很多糖、黄油、果酱和面包，分量大到足以分给那里的其他囚犯。带着这些东西，我又去了 C 营。但所有好事总会走到尽头。

三周内，我每天都去 C 营。但我最担心的一天还是到了。我已经得出结论，在捷克营与吉卜赛营的清算之后，灭绝只是时间先后的问题。对于所有在奥斯维辛带刺铁丝网里度过悲惨日子的人来说，这一天迟早会到来。

一天下午，我正坐在实验室的工作桌旁边。门格勒博士和蒂洛博士进来了,他们正在讨论关于集中营管理的问题。门格勒博士好像刚刚作出一个决定,他从椅子上站起来对蒂洛博士说:"我不能再养着 C 营那些虚弱的囚犯了。我打算在接下来的两周里将她们清算掉。"

这样的情景经常在我面前发生。他们讨论最机密的事务,就好像我不在场一样。但我毕竟不是一个活死人,只有活死人才什么意义都没有。

我被门格勒博士关于清算 C 营的决定深深地动摇了,因为它不仅关系到我最亲近的家人,也关系到我那些不幸的同胞们。我必须立刻有所行动。

门格勒博士与蒂洛博士一离开焚尸场,我紧跟着去了 D 营,那里由于需要监管由外国囚犯组成的劳动队而设置了一个党卫军小队。在这个营区,整个德国劳工队伍所需要的囚犯都被分配到了这里。首领是个二级小队长。我在他的房间独自见了他。我向他介绍了自己,并给他看了门格勒博士的许可证。

我向他解释我的妻子与孩子在 C 营里。我在门格勒博士的帮助下找到她们之后,一直在尽我最大的努力帮助她们。然而,我知道 C 营未来的命运,因此我准备将我的家人送离那里。他同意并答应帮助我。

那一周,有两支 3000 人的队伍要从 C 营送到德国西部的战争工厂。"这些工厂就是最佳的去处,"他说,"住宿和食物都不是以灭绝为目的的,而是为工人们提供好的条件,从而确保最大的生产能力。"

我在他的桌上留了一大盒大概100支烟。他接受了这一大包东西,并承诺我,如果明天我的妻子和女儿主动站出来的话,他就会把她们安排到这两支队伍中去。我已经得到了我需要的。我快步赶到C营,在那里,我要做的事更困难。我不得不让我的家人理解她们必须远离这里。我不能告诉她们真实的情况,因为一旦我开始恐慌的话,对我们所有人都是致命的。我在管理员的小房间里请求我的妻子和女儿,试着让她们明白处境,无论这对我来说有多么痛苦,现状需要她们离开。她们将不得不放弃我的帮助。

对我来说,我也不得不放弃见到她们和帮助她们的乐趣。这周的某个时刻就该选择要离开的人了。她们将会志愿加入其中一支队伍,也许会加入第一队。我向我的妻子解释道,特别严肃的动机促使我劝她离开,因此,我让她告诉她所有的熟人,一起作为志愿者离开这里,但她没有多说一句话。

我想补充说明一点,在筛选工人的时候,党卫军委员会优先将那些志愿者放到队伍里,只有在人数不够的时候,委员会才会随机选择一些人补充到队伍里。然而,志愿参加的人数寥寥,因为没有人愿意放弃现在这种不需要劳动的处境,而到另外一种处境去。没有人愿意在配给的口粮都不足以维持集中营的生存的情况下,还得被迫劳动。可怜而又目光短浅的女人们啊,要是她们知道了第三帝国集中营的心态，她们就会明白不劳动的人没有活命的机会。

我的妻子和女儿意识到了，无论如何，我作出这个决定的理由一定是好的，她们也答应我在筛选一开始的时候就自愿加入。我和她们道别，告诉她们我两天后再过来，然后给她们带一些路上吃的食物和穿的厚衣服。

两天后，我回到C营，和她们做最后的告别，给她们带了一些衣物和粮食。但我并不是独自过去的。我担心拿着这么一大包补给品穿过C营大门的时候会出问题。一些高级军官可能在我到达时就在附近，并对我产生好奇。所以我让一个焚尸场的党卫军警卫帮我搬着这一大包行李，我曾给他治疗过胸膜炎。这次我没有去营房与我的妻子和女儿相见，而是派人把她们叫出来，到铁丝网围栏角落的偏僻处碰头。我们就在那里进行了交谈。我把一大包补给品隔着铁丝网扔过去。这个位置如此偏僻，没人看到我们在干什么。铁丝网将我们分隔，我们甚至都不能亲吻道别。

我们在一起度过了最后几分钟，我的妻子安慰我说一切都在按计划进行。她和我的女儿都入选了劳工队，不必寻求二级小队长的帮助。我在听到很多妇女听从我妻子的建议，自愿参加劳工队之后，感到非常开心。

27 C营的女囚犯

三天后,我返回 C 营,确定一下我的妻子和女儿已经离开了那里。她们已经离开了,就混在一队由 3000 名囚犯组成的劳工队中。我不知道她们的未来会怎样,但我非常确定,她们待在集中营就是死路一条。现在,带着一点点幸运,她们活着离开了这里。有越来越多的证据表明,战争已经接近尾声。第三帝国已经给自己挖好了坟墓。我有一种感觉,在这个节骨眼,囚犯幸存的机会与他离集中营的距离成比例。这也就意味着,我自己活下去的可能性也在一天天变小。

然而,无论我的命运如何,只要知道我的家人现在已经远离死亡,我死的时候就可以瞑目了。在脑中总是想起死亡的感觉既不令人害怕,也不令人绝望,但一想到前面十一支特遣队的血腥结局,预感到我们自己的结局,再加上那种冷漠的态度,任何感情都不能激起波澜了。

离开 C 营的时候,我的目光在那排荒废的营房上停留了很久。我再一次看着这些由我们的妇女和孩子组成的奇特的场面,心中既有悲伤,又有怜悯。她们曾是那么迷人,在梳妆打扮上那么精致,现在却都是光头,身形憔悴,穿得像个稻草人,她们已经被剥夺了所有做人的尊严,只剩下魂魄在游荡。

回到焚尸场的时候,我感觉自己在发抖,我突然意识到秋天已经到了,现在已经是九月底了。北风扫过白色山顶,呼呼地吹过铁丝网,百叶窗发出不祥的咯吱声。只有一种鸟类才会筑巢在这个被上帝抛弃的地方,那就是乌鸦,一大群乌鸦朝着铅灰色的天空飞去。风卷起了坚固的焚尸场上空的浓烟,夹杂着那特有的、熟悉的焚烧肉体和毛发的味道。

我在颓废中度过了一天又一天,夜夜无眠。我极度沮丧,所有的渴望都离我而去了。自从我的家人与我分别后,我就被空虚占据,常常陷入呆滞的状态。在过去几天里,寂静与无聊占领了奥斯维辛。我的预感几乎绝对可靠,有一个糟糕的迹象,预示着更为血腥的事情就要发生了。第 12 特遣队的队员已经活得超过了四个月。对于我们来说,时间的沙漏就要流尽了。我们只能再活几天了,最多一到两周。

门格勒博士清算 C 营的决定已经完成。每天晚上,50 辆卡车会把受害者运到焚尸场,一批有 4000 人。真是可怕的景象啊！这长长的一队卡车，车头的灯光刺破了黑暗，每辆车上装载着80名妇女，她们要么尖叫哀号，要么因恐惧而瘫软无力地坐在车上。随着卡车货斗慢慢抬升，这些妇女被卸在通往毒气室的楼梯口，她们的衣服都被夺去，全身赤裸。在楼梯口，她们迅速被推下去。她们都知道将会发生什么事，但是经过四个月的冷酷囚禁，忍受了这么久的体罚，她们的神经系统早已崩溃，这些造成她们已经不能再有任何反抗，甚至都不会感到疼痛了。她们被赶到毒气室里。她们长久地活在担惊受怕中，已经厌烦了被烦扰和被迫害，她们静静地等待着来自医生的"帮助"，那就是死亡。对于她们来说，生命已经失去了所有的意义和目的。延长生命只会延长她们的痛苦。

她们经过多么漫长的路才来到这里！这一段旅程充满了多少难以想象的悲伤！首先，她们温暖、舒适的家园遭到入侵和掠夺。然后，她们与自己的丈夫、孩子和父母被送到位于城镇遥远边缘的砖窑去，在那里的几周，他们不得不居住在春雨冲刷形成的沼泽中。那里就是"犹太人区"，每天都有人把他们分成小组并带往特别设置的刑讯室，那里配备了最新的设备，让她们"交代"。在那里，她们被质问，直到疼痛到半死，最终她们会说出藏着值钱物品的地方，或是所托付的某个人的名字。很多人都死于这样的刑讯逼供。那些幸存下来的人会"安心"地发现她们被装进了闷罐车，一辆车装80到90人，这意味着她们将远远地离开刑讯室。

至少她们这样认为。她们在这些闷罐车中生活四五天，眼睁睁地看着死尸在她们面前堆成山，直到最后到达奥斯维辛集中营的犹太人卸货坡道。

我们已经知道她们到了这里以后会发生什么。在与她们的丈夫和孩子分离的时候，她们的心都碎了，在"筛选时间"，她们害怕到发疯，被选进了右手边一列，最终到达了C营。但在进入污秽不堪、细菌滋生的营地之前，她们不得不屈服于另一个耻辱：沐浴。这是为了让她们丢掉任何一丝还残存的人格尊严而专门设计的。

她们的头发被粗鲁的双手全部剃掉，她们的衣服也被夺去。沐浴过后，她们会领到囚服，但只能称之为破布片，任何一个有自尊心的乞丐都不会碰它一下。穿着这些衣服，她们会收到来自第三帝国的第一份厚礼：虱子。

在接到这样的招待后，她们开始了在集中营铁丝网内的囚禁生活，她们作为活死人的生活。她们吃的食物简直就像肮脏的洗碗水，仅能维持着她们不死而已，但却不足以使她们真正活着。她们的食谱中完全没有蛋白质，这会导致她们的双腿像注了铅一样重，脂肪的缺乏使她们的身体浮肿，她们的月经也停了。结果就是，她们变得很急躁，神经越来越紧张，有偏头痛，会流鼻血。缺乏维生素B导致长久性嗜睡和部分记忆缺乏，通常的表现是她们不再记得她们曾经住过的街道的名字，或者她们的门牌号码。只有她们的眼睛还动着,但却不再闪烁出智慧的光芒。

就是在这样的环境下,她们每天还要屈从于点名与集合,而这个过程要持续好几个小时。她们因晕倒而被粗鲁地浇了一桶凉水,醒来后,她们的眼睛总会望向那笼罩着整个集中营的浓烟,或是望向焚尸场烟囱里喷出的火焰。浓烟与火焰这两个标志日复一日地提醒她们,她们现在还活在另一个世界的大门外。

C营的囚犯在焚尸场大门附近活了四个月,只花了十天就全部穿过了那扇大门。4.5万个饱受折磨的人在那里放弃了她们的灵魂。沉重的寂静降临了C营,这里曾发生过数不清的辛酸悲剧。

28　特遣队的暴动

特遣队在等待最后一击。日复一日、周复一周、月复一月,恐惧就在我们的头上盘旋,距离我们只有一线之遥。一天或两天以后,死亡就会瞬间降临到我们头上,到时候我们只剩下一大堆白色的骨灰。我们已经准备好迎接它的到来。我数着时间,等待着党卫军刽子手的到来。

1944年10月6日清晨,一声枪响从一个瞭望塔传来,一个集中营囚犯被射杀了,他当时站在中立区外,站在集中营的第一道与第二道防护线之间。囚犯原是一名苏联军官,他曾试图从战俘营逃脱,所以被送到了这里。他很可能又一次试图逃脱,但警卫射中了他。

由门格勒博士带队的政治部到事发地点进行常规检查。要是受害者是犹太人的话,他的尸体立刻会被送到太平间,然后从那里送往焚尸场,这样这件事就算结束了。但现在死者是一名苏联军官，他的名字和个人资料都详细地记录在营地的档案里，所以就不能按照同样的程序来执行，需要有一份验尸报告来解释他的死因。跟随着现场调查的步伐，门格勒博士命人随他把尸体送到焚尸场，并下令做出一份验尸报告。报告需要在下午2点半以前准备好。门格勒博士到时会过来取走报告，并亲自检查尸体，核对报告结果。

门格勒博士离开解剖室的时候是上午9点。我把尸体放在解剖台上，要是那天不是10月6号的话，我本可以在30到40分钟内就彻底完成验尸工作，那天是分配给特遣队员寿命的最后一天。我们对任何事情都不确定，但我已经感觉到死亡的逼近。

因此我根本没有办法工作，我离开解剖室，回到自己的房间，计划服用一剂有益健康的安眠药。我一支接一支地抽烟，我的神经紧绷到极致。我根本无法安静下来，我进了焚化室，在那里，我看到特遣队员们正在敷衍了事地干活，尽管有数百具尸体堆积在焚尸炉前。一小团又一小团的人聚集在一起，窃窃私语。我上楼走到特遣队员的生活区，立刻注意到有什么不对劲的地方。一般情况下，在早晨的集队及早餐之后，夜班人员就上床睡觉了。但现在是上午10点，所有人都醒着。我还注意到，尽管屋子被10月温暖的阳光照得非常明亮，但他们都穿着运动服、毛衣和靴子。这里，有过多的人挤在一起，窃窃私语，另外一些人则兴奋地来回走动,开始往行李箱里打包衣物。很明显,这里正密谋策划着什么事情。但到底是什么事情呢?我进了特遣队队长的小屋,发现各个夜班小队的队长正围坐在桌边:工程师小队长、机械师小队长、司机队长以及毒气室特遣队队长。我刚刚坐下来,特遣队队长就从桌子上拿出一个几乎空了的酒瓶,给我倒了一大杯白兰地。这是一种波兰的白兰地烈酒,著名的小茴香白兰地。我拿过杯子,一饮而尽。现在,随着特遣队员第四个月的时间一分一秒地逝去,它并不是能延长寿命的仙丹,但它依然是一种很好的缓解对死亡的恐惧的办法。我的伙伴们为我作了我们所处情况的最详细的说明。所有的证据都表明,对特遣队的清算应该不会在今天进行,很可能是明天,也可能是后天。但是详细的计划已经制定出来,这860个人将试图强行冲出集中营。时间就定在今天午夜。

一旦冲出去了,我们将会向着2公里外维斯瓦河的拐弯处前进。每年的这段时间,河水都很浅,很容易就能涉水渡河。离维斯瓦河8公里之外的地方有着大片森林,一直延伸到波兰的边界,在森林里,我们应该可以待几个星期,甚至在必要的情况下可以待几个月,那里相对安全一些。也许我们在沿途会碰到游击队员。我们的武器补充很充足。在前几天,一批大约100箱的烈性炸药被运到营地,这是从奥斯维辛的联合工厂送过来的,那里是一个军需品工厂,雇用波兰犹太人当劳工。德国人用炸药炸毁铁路线。除了这些库存外,我们还有5挺机枪和20枚手榴弹。

"这些应该够了,"其中一个小队长说,"因为我们的计划是突然袭击,我们可以只用左轮手枪就解除警卫的武装。然后出其不意地进入党卫军的宿舍,迫使他们和我们一起出去,直到他们对我们没有利用价值为止。"

进攻的信号靠手电筒从1号焚尸场发出,2号焚尸场立刻把信号传给3号焚尸场,最后到达4号焚尸场。这个计划对我来说更可行,因为一个简单的原因,只有1号焚尸场还在运转,而且它在傍晚6点的时候就歇工了,这就意味着上夜班的特遣队员当天晚上不用值班。当发生这样的情况时,党卫军警卫就会放松他们的监视。每座焚尸场只有3个党卫军警卫。

我们散会之后再也没有聚集在一起,直到晚上,并定好了规矩,直到信号发出的一刻前,每个人都要照常完成他手中的工作,小心翼翼地避免任何可能引起怀疑的举动。

我再一次穿过焚化室,回到我的房间。大家的工作看起来比平常慢得多。我告诉我的两个医生同事关于逃生的计划,但却克制着没有告诉实验室助手。一旦行动开始,他们不可避免也会被卷进来,但依我看现在没必要告诉他。

时针移动之慢就像灌了铅一般。午餐的时间到了。我们吃得很慢,然后都到焚尸场的院子里晒太阳,秋日的太阳洒下了斜斜的阳光,把我们晒得暖暖的。我发现哪儿都看不到党卫军警卫。但这也没有什么不同寻常的,这种情况以前也发生过好几次。

他们肯定在屋子里。大门紧闭。而在焚尸场外面,营地的党卫军正在他们的岗位上值班。所以我对里面没有警卫的事情也没怎么重视。我安静地抽着烟。想到几小时以后,我们就能冲出这些铁丝网,再次自由了,我的脑海中升起了一片乌云,这片乌云从我第一天到集中营就已经盘旋在我的脑海中了。即使尝试失败了,我也没什么可失去的。

我看了看我的表,下午1点半了。我起身招呼我的同事和我一起验尸,这样我们就可以在门格勒博士过来的时候完成验尸报告。他们跟在我后面,静静地走进解剖室,我们立刻开始验尸。今天,我的一个同伴实施解剖,我在打字机上记录他的发现。

我们大概工作20分钟的时候,突然,巨大的爆炸声震动了墙壁。在接下来的短暂寂静后,持续不断、有节奏的机枪射击的声音传到了我们的耳朵里。我的目光穿过覆盖在主窗上的绿色防蚊网,看到3号焚尸场的红色瓦片屋顶与承重梁已经全塌了,随后升起了无边无际的火焰和黑色的浓烟。不到一分钟后,机枪扫射的声音已经传到了解剖室门口。我们对于发生了什么事情一无所知。我们的计划是在午夜。两种可能性在我脑中一闪而过:要么有人出卖了我们,因而党卫军能够插手进来,阻止我们的逃跑计划;要么一大队游击队员攻陷了营地。低沉的警笛声开始在整个奥斯维辛上空响起。爆炸声越来越响,轻型机枪的嗒嗒声越来越持久。随后我们就听到了外面重机枪刺耳的射击声。我已经下定决心该做什么事。无论这次突发情况是出于背叛，还是出于游击队的攻击，似乎待在解剖室里观察局势如何进展是最好的办法。我从窗户看到80到100辆卡车已经到了，第一辆就停在焚尸场门口。半个连的党卫军从车上跳下来，成战斗队形站在铁丝网的前面。

我开始看会发生什么事。特遣队员已经占领了1号焚尸场，从每一个窗口或门口向党卫军射击子弹或者扔出手榴弹。他们的防御看起来很有效，我看到好几个党卫军已经倒下，要么死了，要么负伤。看到这种情况，围攻者决定使用更激烈的办法。他们拉来50只训练有素的警犬，在特遣队盘踞的1号焚尸场的后墙把它们放开。但是由于某些奇怪的原因，这些平素残忍而又驯服的警犬不肯向前，它们的耳朵耷拉着，尾巴夹在两腿之间，藏在它们的党卫军主人身后。也许是因为警犬被训练得只会对付身穿条纹粗布衣服的囚犯，而特遣队员从来不穿这种"制服"；或者，也许是警犬太长时间都在对付虚弱的、手无寸铁的囚犯，它们暂时对炸药的味道、烧焦的尸体、激战产生的噪音和混乱感到恐惧。无论如何，党卫军很快就意识到他们的错误，在无法减弱对方火力的情况下，他们拖来了几门榴弹炮。

对于特遣队来说，武器数量的悬殊使他们根本顶不住。伴随着激昂的嘶喊声，他们冲出了焚尸场的后门。他们一边撤退，一边射击，铁丝网已经提前被割开一道口子，他们从那里冲出去，向着维斯瓦河的拐弯处奔去。

双方火力最强烈的时间持续了大约十分钟。从瞭望塔传出的巨大的机枪声与轻型机枪的爆炸声混在一起，其间还可以不断听到手榴弹与炸药爆炸的声音。然后，突然之间，一切都安静下来了。

所有的党卫军都跑到焚尸场前，只留下两门没有使用的榴弹炮。他们将机枪的卡销固定好，开始向着焚尸场建筑的每一处位置射击，地下室和地下一楼也不放过。一组党卫军进入解剖室。他们用枪指着我们，把我们包围起来，然后把我们赶到院子里，此时天正下着雨。在院子里，他们命令我们正面向下躺倒，脸冲着地面。命令的声音大声传来："谁敢动一下，或者抬一下头，等着他的就是一颗子弹！"几分钟后，我可以从脚步声分辨出，另一队党卫军聚拢过来，带回了大量的特遣队员，并命令他们以同样的方式趴在我们旁边。他们可能有多少人？由于我的头紧紧地贴在地上，所以不能弄清楚。三四分钟以后，另外一队人也到了，他们被命令躺在我们的后面。

当我们躺在地上一动不动的时候，一阵拳打脚踢如冰雹般落到我们的头上、肩膀上、后背上。我能感觉到，温热的血顺着我的脸流了下来，落到我的嘴边，我的舌头能尝到它咸咸的味道。但只有第一阵的打击真正伤到了我。我头晕目眩，我的耳朵在鸣叫，我的大脑一片空白。我已经感觉不到任何事了。我感觉我正滑向濒临死亡的那个冰冷的一瞬间。

大概 20 到 30 分钟以后，我们躺在地上，等待站在我们身后的党卫军给我们送上一发子弹。在这种情况下，我知道他们若想杀死我们的话，就会射出一颗子弹。那是最快速的死亡方法，也是焚尸场里最不可怕的一种。我想象着我的头在子弹的巨大压力下直接爆炸，我的颅骨炸成了数千个碎片。

突然，我听到一辆汽车的声音。我想，那一定是门格勒博士。党卫军在等着他的到来。我不敢抬头看一眼，但我辨认出来他的声音。一名党卫军的口中发出命令："医生们，请站起来！"我们四个都站起来，然后立正站好，等着下一步的决定。门格勒博士示意我们过去。我的脸和衬衫上都是血，我的衣服上也全是泥巴。三个高级党卫军军官站在他旁边。门格勒博士问我们，在这次行动中我们起到什么作用。

"没有作用，"我回答道，"除非执行一级中队长的命令也被算作罪名。事件发生的时候我们正在解剖那个苏联军官。爆炸打断了我们的解剖，未写完的验尸报告还在打字机上。我们没有离开工作岗位，当他们发现我们的时候，我们还在解剖室。"

一名党卫军指挥官确认了我们说的话。门格勒博士冷眼看着我说："去洗干净，然后回去继续工作。"

我和我的三个同伴转身离开。我还没走 20 步，一阵机枪声在我们身后响起。那些特遣队员的生命结束了。

我没有回头看,相反,我加快步伐,回到我的房间。我想卷起一支香烟,但我的手颤抖得过于厉害,撕破了好几张纸。最后我终于卷了一支,把它点着,深吸了好几口,接着,我双腿打战,向床边走去,躺了下来。直到这时,我才开始感觉到遍布全身的疼痛与伤口,那是党卫军拳打脚踢的结果。

今天发生了太多的事情,现在才下午3点。刚从死亡边缘逃脱的经历既不舒服,也不值得庆幸。我知道这只是缓刑。我了解门格勒博士,也了解党卫军的心态。我对我的工作的重要性有充分的认识,暂时来说我是必不可少的。除了我之外,集中营里没有医生可以满足门格勒博士的要求。就算有,他们也会小心翼翼不泄露身份,不让大家知道他们的专业技能,因为这么做相当于落入门格勒博士的掌心,也会因此走向生命的尽头,就像每个特遣队员那样,他们还会发现,寿命只剩下既定的四个月。

我的神经缓解下来后,我站起来四处看了看。我想清楚地知道今天下午到底发生了什么事。我们中间真的有叛徒吗?党卫军是不是通过摧毁特遣队而真正平息了叛乱?就算他们是为了找个借口,那么他们永远也找不出一个比清算特遣队更好的理由了。极有可能仅仅因为今天是配额给我们的四个月期满了,党卫军命令清算我们。他们可能出来执行命令,但却惊奇地发现,第12特遣队无意在院中列队集合。他们也没有被这些借口所欺骗,那就是这种集合看起来就像平常宣布事情或者集合检阅一样。特遣队员非常清楚地知道,党卫军是来灭绝他们的,所以他们只能选择抗争。

现在,我的同伴们一丝不挂,躺在焚尸炉前,排了长长的一排。我一个又一个认出了那些曾经熟悉的人的尸体,至少他们死前还坚信自由即将到来。他们是被人用手推车推回来的,就从他们倒下的地方,那里位于第二道防护线之内的某个地方。那些我们离去时被射杀的特遣队员也在这里。当所有的反抗都被镇压以后,2号、3号、4号焚尸场的尸体都被运到这里来焚化,而完成这些工作的是30个新来的、匆忙找到的特遣队员。

我发现自己正站在一名党卫军下士身边,他正忙着记录死尸身上的文身编号。我还没有张口询问,他就告诉我,还缺12名特遣队员。除了这12个人以外,所有人都死了,只有7个人还活着。这7个人是我、我的两名同事、实验室助手、掌管发电机与通风机的工程师、司机首领和一名"私人助手"。"私人助手"的意思是,他是一个分配给党卫军个人的助手,服务党卫军的方方面面,他的工作内容包括照料党卫军的衣服和皮靴、清理他们的厨房、接听电话,就是他给了我今天的详细计划。他并没有背叛,下面是这名"私人助手"讲的故事:

下午 2 点的时候，一卡车的党卫军政治部队员来到 3 号焚尸场。他们的指挥官命令特遣队员集合，但却没人听命。他可能看出一些端倪来，有什么事情正在暗中策划。不管怎样，他显然认为要是他对特遣队员说个谎，肯定能得到更好的结果，天知道这个指挥官又是个撒谎的老手。他站在院子的中间，发表了一段简短的演讲，配得上他党卫军的称号：

"小伙子们，"他大声说，"你们在这里已经劳动了足够长的时间了。我的上级发出命令，你们将被送往休息营。在那里你们可以得到优质的衣服，你们可以有足够的食物，你们的生活会更加轻松。叫到编号的人，出来列队站好。"

然后他开始点名。他先叫出特遣队匈牙利队员的号码，共计 100 个人。他们是集中营里"最年轻"的囚犯，他们排好队，没有进一步地抗议。看得出他们的表情是恐惧多于勇气。一支党卫军小队立刻接管了他们，把他们带离焚尸场的院子，让他们进到 D 营，然后把他们塞进了 13 营区。

同时，点名在 3 号焚尸场继续进行。现在轮到希腊人，他们排队的时候就没有刚才那么乐意，但最终还是服从了安排。接下来是一组波兰人，抱怨与喃喃自语最终变成了粗暴的咆哮。党卫军指挥官叫了另一个号码，得到的回复是安静，没有人动。当这名军官抬起头来皱眉的时候,一个矿泉水瓶落到他的脚边,爆炸了。这个瓶子是一个波兰人扔出来的。党卫军立刻向制造混乱的暴徒开枪射击,暴徒们匆忙撤退并占据了焚尸场里的防御位置。为了对抗党卫军,他们开始向院子里扔装满炸药的瓶子。党卫军的机枪突然开始扫射,杀害了仍列队站在院子中间的希腊人。有些人试图逃跑,但当他们跑到大门那儿的时候被射中身亡。

党卫军并没有减小火力,他们向焚尸场的入口处移动。这并不容易实现,因为波兰人进行了激烈的抵抗。他们密集的炸弹瓶成功地将党卫军阻止在一定距离之外。就在这时,一声巨大的爆炸声响彻整个区域,爆炸冲击了在焚尸场附近周旋的进攻者。焚尸场的屋顶被掀翻,房梁与瓦片被炸得四处乱飞,浓烟与火焰翻腾起来,卷向天空。四桶汽油爆炸了,把整栋建筑炸成了碎末,特遣队员也被埋在里面。少数幸存下来的人试图继续抵抗,但是党卫军的机枪迅速干掉了他们。另外一些特遣队员受伤了,但还可以行动,他们举起双手,向门口走去,但另一阵爆炸又将他们掀翻在地。他们想知道发生了什么事,但是火力已经摧毁了焚尸场建筑的内部,他们很快就死掉了。与此同时,那100个匈牙利人被匆忙带回院子,当场处决。

这样看来，暴乱是从 3 号焚尸场开始的。1 号焚尸场的工作照常进行，直到 3 号焚尸场发生了爆炸。爆炸的响声带来的紧张使已经箭在弦上的人们一触而发，没有人确切地知道在最开始的几分钟里发生了什么。在焚化室工作的人离开了他们的岗位，聚集在房间的角落，想弄明白发生了什么事，下一步该采取怎样的行动。

然而他们没有过多的时间解开谜团，因为党卫军警卫走过来质问他们，谁允许他们停止工作并离开焚尸炉。很显然，小队工头的答案使警卫很不满意，他用手杖的弯头狠狠地敲在工头的脑袋上，威胁他们回到工作岗位上，每个党卫军警卫都有一把这样的手杖。有传言说另一个特遣队员也被同一把手杖开了瓢。但这个小队工头是特遣队里最坚强的人，他被敲击后只是摇晃了一下。他的脸上全是血，但他并没有跌倒。他从靴子口抽出一把尖刀，刺进了警卫的胸膛。当这名警卫跌倒的时候，两名机警的特遣队员揪住他，打开了最近的焚尸炉，把他头朝下扔进了熊熊烈火中。

整个事件的发生只经历了几秒钟，但是另一个党卫军警卫被人群吸引过来，在他到来的时候，碰巧看到一双穿着靴子的脚消失在焚尸炉口。他知道那可能是特遣队员或者党卫军警卫，但还没等他弄明白到底是谁，一个特遣队员用一记狠狠的上勾拳将他击倒在地。在同伴的帮助下，第二个党卫军警卫也随第一个人去了。

在这之后，只花了几秒钟的时间，他们就全副武装，拿好了机枪、手榴弹和炸药。双方立刻开火,党卫军占据屋子的一头,特遣队员占据了另一头。一颗手榴弹落入党卫军的正中间,7名党卫军立刻死亡,好几个人受伤。特遣队员有的牺牲,有的负伤,局势越来越令幸存者绝望。但是,当更多的党卫军倒下时,剩下的大约20个人脱掉了他们的皮靴,向焚尸场的门口跑去。在那里,他们得到增援,这对于扭转战局来说绰绰有余。

接下来的事情创造了历史。焚尸场里只剩下我们7个。12个人趁着夜色逃脱了。他们成功地渡过维斯瓦河,但是已经筋疲力尽,他们找到了一间房子作为庇护的场所,认为那里可以临时落脚,暂时躲避一下。但是房主已经通知正在搜索这片地区的党卫军小分队,12个人遭到伏击,再次全部被抓捕。

我已经躺在了床上,昏昏欲睡,突然又一阵机枪的响声把我从半睡半醒中唤醒。几分钟以后,沉重的脚步声在走廊响起。我的门被推开了,两名党卫军摇摇晃晃地走进来,他们的脸上都是血。

那12个人袭击了准备押送他们回到焚尸场院子的巡逻队,夺走他们的武器拼死一搏。这12个人拼死抗争,结果迅速而笃定,12个人很快全部被杀死。但是他们成功地重伤了党卫军警卫,也就是现在这两个请我治疗的人。我一声不吭地给他们处理伤口。

失去这12名同伴对我来说是个可怕的打击。经过如此多的努力,牺牲了如此多的生命,仍然没有一个人成功逃出这里,告诉全世界这个地狱般的监狱里发生的一切。

后来我才知道,暴乱的消息已经传到了外面。一些集中营的囚犯把这些故事讲给与他们一起劳动的平民。除此之外,某些党卫军警卫也没管住自己的舌头。

这确实是一次历史性事件,自从集中营建立以来第一次发生这种事。853名囚犯和70名党卫军死于这次事件。党卫军死者中包括1名二级中队长,17名二级小队长和党卫军士官,还有52名突击队员。3号焚尸场被夷为平地。4号焚尸场由于设备严重损坏,已经无法使用。

29　暴动平息之后

经过一夜不安的睡眠，我醒来时非常沮丧。我的神经绷得比以前还要紧张，即使是同事们的窃窃私语，他们的脚步声，都如同砂纸般折磨着我。

我与同伴们再次前往解剖室的时候，怀着一种犯罪的心情。途中，我们不得不穿过焚化室。冰冷的水泥地面延伸到焚尸炉的每一个边缘。昨天晚上午夜时分，它们已经将我们曾经的同伴全部烧成了灰。正在冷却的焚尸炉散发出一阵阵微弱的温度。30名新的特遣队员死一般地寂静，要么坐着，要么躺在那些死者原来的床上。他们第一天到这里就已经被目击的悲惨一幕打击。

但这种状况只持续了几天。生活很快就回到了正轨，证据就是他们对美食、香烟，特别是白兰地酒的渴望。对于在焚尸场的特遣队员来说，这些都是补救幸福的措施，是缓解焚尸场不适的灵丹妙药。在经历了集中营营房里没有衣服穿的窘境之后，他们非常享受这里舒适得体的衣着。个人卫生再一次变成了现实，沐浴、大量的水和肥皂、充足的毛巾。我看着他们，就像一个老兵看着新入伍的士兵一样。过不了多久，他们就会适应这里的一切。

在解剖室，由于缺乏更好的工作，我就给我的同事们找了一些工作。我让他们清洁手术器械，直到把它们擦得像是陈列物品一般发光，然后把它们进行分类，再把它们收好。经过前几天的战役之后，防蚊网确实需要修理一下了。至于我自己，则坐在桌边，头上缠着绷带和胶布，在脑中列出一个抱怨和请求的清单，想要尽早把这个单子呈送给门格勒博士。

我有一件事情想告诉他，那就是焚尸场的任何一个房间都不适合做解剖室，理由很简单，无论你身处哪里，你都不能逃脱那些被驱逐者在他们死亡路上的令人心碎的尖叫声，那声音可以穿透你的骨髓。无论死在毒气室里，还是死于颈后的一颗子弹，尖叫声都是一样的。对于我来说，实在不可能把所有精力都集中在工作上。自从我到这里的第一天开始，当我得知前面 11 支特遣队的命运后，我不得不生活在一个充满永恒恐惧的世界中，一天一天地等待着，四个月内不能抑制地紧张，直到我们这支特遣队相同命运到来的一天。

我还打算求他，如果我的工作在未来被证明有错误，求他对我网开一面。为什么呢？因为就在昨天，1944年10月6日，当我们正在奉命对一名苏联军官的尸体进行验尸，并准备解剖报告的时候，3号焚尸场在我的眼皮底下发生了爆炸，我们也被一队党卫军袭击了。榴弹炮被拖来了，警犬也被放出来咬我们。手榴弹在我们身边爆炸。党卫军举着带刺刀的步枪，冲进了我希望叫做科学研究所的地方，把我们赶到院子里，并对我们拳打脚踢。接着我们被迫脸朝下躺在泥里。我觉得我从一名验尸官变成一具尸体可能就差了一根头发的距离。诚然，门格勒博士把我从将死的命运中"解救"出来，也把我从那一排必死的人中"解救"出来，但只是回到了这个令人伤心的房间，等待着一个新的四个月的缓刑周期。我想让他承认，我们昨天下午和晚上所经历的是令人多么难以忍受的境况。就算最糟糕的情况已经结束了，我还不得不给两名党卫军处理伤口，他们在五个小时前还对我毫不手软地拳打脚踢，并用他们的手枪指着我的头，等待着扣动扳机的指令。

这些就是我准备向我的上司抱怨的内容。但我主要还是想说服他把解剖室及相关人员调动到集中营里更适合研究的某个地方去。就在我沉思这一点的时候，门格勒博士推开了门。遵照制度的规定，我起身立正站好，当高级成员出现的时候，大声汇报："长官，三名医生与一名实验室助手正在他们的岗位上工作。"

他嘲笑地看着我缠满绷带的头。

"你怎么了?"他带着神秘的笑容问我,看起来一半认真,一半玩笑。他的问题很自然,给我一种感觉,他不像假装对昨天发生了什么事情一无所知。所以我没有回答他。我脑中要抱怨的清单已经模糊了,只剩下一个困扰我的请求。

"长官!"我接下来说的话连自己都不相信,"这样的环境非常不适合科学研究。难道没有可能把解剖室换个更好的地方吗?"

他坚定地看着我,他的口气很强硬。"出了什么问题?"他冷冷地说,"变得多愁善感了?"

我后悔太放纵自己了,已经暂时忘记了我经常当着他的面表现出来的那种谨慎。我敢于批评的这个地方,这个环境,是我的率真的(soft-brained)上司感觉最像家的地方。这里柴堆燃烧发出耀眼的光芒,焚尸场上空的浓烟盘旋着,空气中弥漫着大量的烧焦尸体的气味,围墙不断回响起诅咒的尖叫声与机枪射击时发出的有节奏的金属的嗒嗒声,每次筛选过后,或是每次"焰火"展示过后,这个精神错乱的医生都会来这里休息和放松一下。所有的空闲时间他都在这里度过,在这里,在这座人造地狱,这位邪恶的奥斯维辛恶魔般的医生让我切开几百具刚刚被杀害的人的尸体,这些尸体的肌肉被用来在电孵箱中做细菌的培养基。他因为被选作研究多胞胎起因的人而着迷于自己的信念,在这里,就在这血腥的高墙内,门格勒博士经常在显微镜前弯腰坐数个小时。

然而今天,我注意到他显得很疲劳。他刚从犹太人卸货站台那边过来,在那里,他已经在刺骨的雨里站了几个小时了,选择那些来自里加犹太区的居民。尽管如往常一样,"筛选"却不再是一个非常合适的术语,因为所有人都被分配到左边一列。两座仍在运行的焚尸场人满为患,巨大的柴堆壕沟也是如此。为了处理这些新来的囚犯,新的特遣队员的人数增加到了460人。

门格勒博士走到桌边,没有脱下他的外套和军帽,它们已经湿透了。事实上他看起来甚至根本没有注意到这些。

"长官,"我说,"我把您的帽子和外套拿到焚化室去,五分钟就可以把它们烘干了。"

"没关系,"他回答说,"无论如何,水都不会浸入我的皮肤的。"

他要求看看苏联军官的验尸报告。我把报告交给他,他读了起来。读了三四行之后,他又把报告交回到我手上。

"我很累,"他说,"你来读它吧。"但我刚读了几行之后,他又一次打断了我。"就这么着吧,"他说,"已经没什么必要了。"他的目光在窗口的方向徘徊,心不在焉地凝视着窗外。

这个男人身上发生了什么事?难道他受够了这一切恐怖?还是他收到了什么消息,通知他以后这一切都没有意义了?也有可能连续几个月神经高度紧张终于对他造成了伤害。

虽然我们经历过无数次的接触与会谈，但门格勒博士从来没有授权我进行一次私人对话。但现在，看到他如此沮丧，我拿出了勇气。"长官，"我说，"这一切毁灭何时会停止？"

他看着我，用德语回答我说："我的朋友，它会一直继续下去，一直，一直……"他的话好像泄露出一种无声的放弃。

他从椅子上站起身来，离开了实验室，手里拿着他的公文包。我陪着他一直走到他的车边。

"接下来的几天，你将接到一项很有趣的工作。"他边说边钻进他的小汽车，走了。

一想到这，我就不寒而栗，这项"有趣的工作"无疑意味着一组新的双胞胎。

30 "有趣的工作"

焚尸场已经准备好。特遣队员正在用耐火材料重新制作熔炉口，给厚重的铁门上漆，给铰链涂润滑油。发电机和通风机也已经工作了一整天。一个专家前来确认各项功能是否可以顺利地运行。与此同时，罗兹[①]犹太人区囚犯到来的消息也被宣布了。

特别说明一下，这个犹太人区是由德国人在1939年建立的。一开始它囚禁着大约50万人，他们都工作在巨大的战争工厂。作为对他们劳动的报酬，他们得到了"犹太人币"，但是数量仅能购买少量的食物。不用说，艰辛的工作与所得食物之间的差异导致了很高的死亡率。各种各样的传染

[①] 罗兹（Lodz），1939年11月罗兹合并到第三帝国。该市得到一个新名字，Litzmannstadt，以第一次世界大战夺取罗兹的德军将军卡尔·利茨曼恩命名。——译者注

病也导致人口数量减少。因此，到1944年秋天的时候，原来的50万人口只剩下了7万人。

现在，对于这些剩下的人来说，致命的时刻已经到来。他们以1万人为单位到达了犹太人卸货站台。"筛选"将95%的人送到左边一列，只留下5%的人在右边一列。

五年的犹太人区生活给他们的身心带来迫害与折磨，他们受到诅咒的民族的悲剧命运使他们弯腰驼背，强制劳动使他们过早老去，他们到达的时候极其冷漠。即便当他们跨进焚尸场大门，意识到他们将走过生命的最后一个阶段时，他们身上散发出的仍然是那种漠不关心的气息。

我到了楼下的脱衣室。他们的衣服和鞋散落得满地都是。不过这种用破皮革和木头制成的鞋也很难挂在衣架上。分配给他们的衣帽架号码丝毫没有引起他们的兴趣。他们随意地把自己手上提的行李放在地上。特遣队员的工作就是将这些物品分类，他们打开了几个包裹，给我看了其中的内容：用玉米面做成的几片饼干、水和亚麻籽油，在几个箱子里有三四磅燕麦片，那就是他们的全部家当了。

当这一队囚犯到达的时候，门格勒博士注意到在等待筛选的队伍中间，有一个大约50岁的驼背的男人。他不是独自一人，他身边站着一个十五六岁个子高高的、帅气的男孩。然而这个男孩右脚畸形，他的腿上戴着金属板制成的用于矫正的设备，脚上穿着骨科室的厚底鞋。他们是父亲与儿子。门格勒博士认为他发现了一个有力的证据，可以用来证明他至高无上的犹太人退化理论,这个证据就是驼背的男人和他跛脚的儿子。他立刻命令他们出列。他拿出笔记本,在上面记了一些东西,然后命人将这两个可怜的人送到1号焚尸场。

已经是中午前后了。那天1号焚尸场没有运转。我正无事可做,在屋子里虚度光阴。当值的党卫军警卫进来请我去大门口报到。在党卫军警卫的押送下,那对父子正站在门口。我拿到了带给我的消息,上面写着:"1号焚尸场解剖室,请从临床观点的角度仔细检查这两个人,对这两个人进行精确的测量,临床记录中要包括所有令人关注的细节,尤其要记录那些涉及引起身体畸形原因的内容。"

第二则消息是给二级小队长墨斯菲尔德的,密封着。即便没看到,我也知道它说的是什么。我把它委托给一名特遣队员,让他送给墨斯菲尔德。

这对父子被一种不祥的预感笼罩,罗兹犹太人区经年累月的痛苦使他们的脸变得惨白。他们怀疑地看着我。我带着他们穿过院子,此刻院中洒满了阳光。在去往解剖室的路上,我用适当的话安慰他们。幸运的是,此刻解剖台上没有尸体,不然遇到那样的情景对他们来说一定非常恐怖。

为了安抚他们的不安,我决定不在冰冷的解剖室对他们进行检查,因为实验室里充满了甲醛的味道。我决定带他们到愉快明亮的学习室去。从对话中,我了解到这位父亲是一位受人尊敬的罗兹市民，是一个服装批发商。在战争中的和平时期，在他去维也纳经商期间，他常带着他的儿子接受当地最著名专家的检查和治疗。

我先仔细检查了这位父亲，一项也没有遗漏。他的脊柱弯曲是儿时发育迟缓的佝偻病的结果。尽管经过了最彻底的检查，我没有发现任何其他的疾病征兆。

我试着安慰他，告诉他可能会被送到劳动营去。

在对这个男孩进行检查之前，我与他交谈了相当长的时间。他的脸很讨人喜欢，看起来非常聪慧，但是他的斗志已经动摇了。他害怕到浑身颤抖，用一种呆板的声音叙述着这五年刻在他身上的犹太人区里的悲伤、疼痛，有时甚至是恐怖的事情。他的母亲虚弱而又敏感，无法忍受降临在她身上的长期的折磨。她变得忧郁而沮丧。她连续几周几乎没有吃任何东西，这样她的丈夫和孩子就可以多吃一点点。她是一位典型的贤妻，一位善良的犹太人母亲，她曾经爱家人爱得几近疯狂，她在犹太人区生活了一年就被折磨死了。他们就是这样生活在犹太人区，一个没有妻子的丈夫，一个没有母亲的儿子。

现在他们都在1号焚尸场。我再一次被这种可怕而又充满讽刺的情景所打击。我，一个犹太人医生，不得不在他们死之前用准确的临床方法对他们进行检查，然后等他们死后，在他们还有温度的尸体上对他们进行解剖。我如此震惊于这样的景象，但却对这种境况无力做任何改变，我突然发现我离疯狂的边缘只差毫厘了。谁的身边会伴有这样的恶魔？！它制造了一系列的惨案，并使其降临在可怜的人身上。这些会是神的旨意吗？不，我无法相信……

我费了非常大的努力才克制住自己，为这个男孩做了检查。我注意到他的右脚先天性畸形，有一部分肌肉缺失了。

医学术语把这种畸形描述为脊髓空洞症（hypomyelia）。我能看出来非常有经验的专家曾给他做过好几次手术，但结果是一只腿比另一只腿短。但在绷带和骨科短袜的帮助下，他走起路来没什么问题。我也没有看到其他畸形情况。

我问他们想不想吃些东西。

"我们已经有一段时间没吃任何东西了。"他们告诉我说。

我给一名特遣队员打电话，让他拿点儿吃的给他们。他拿来一盘牛肉通心粉，这种食物在特遣队的范围之外是看不到的。他们狼吞虎咽地吃起来，浑然不知这是他们"最后的晚餐"。

不到半个小时，二级小队长墨斯菲尔德带着四名特遣队员出现了。他们把这两名囚犯带到焚尸间，然后让他们把衣服都脱掉。接着小队长的左轮手枪响了两声。父与子就平躺在水泥地上，全身是血，死了。二级小队长墨斯菲尔德忠诚地执行了门格勒博士的命令。

现在又轮到我了。两具尸体被送回解剖室。我被刚刚发生的事情恶心到了，所以我委托我的两个同事进行解剖，而我自己只记录数据。解剖的结果与我刚才活体检查所确定的结果并无二致，这种病例非常常见，然而却很容易被利用，作为支持第三帝国对犹太人种退化理论的宣传。

下午晚些时候，在已经杀掉一万人之后，门格勒博士来了。他聚精会神地听着我的报告——关于两名受害者的活体检查与死后解剖观察结果。

"这两具尸体不可以烧掉，"他说，"好好准备一下，然后把他们的骨骼送到柏林的人类学博物馆。关于制作骨骼标本你都知道些什么？"

"有两种方法，"我说，"一种是用氯化钙溶液浸泡尸体，用大约两周的时间，可以使所有的软组织溶解。然后把尸体放入汽油浴中，它会溶解掉所有的脂肪，令骨骼变干燥、无味并变白。还有第二种方法：煮尸。只需要把尸体放在水中煮沸，直到骨头上的肉可以轻易剥下来。然后再进行同样的汽油浴。"

门格勒博士命我用最快的方法：煮尸。

在集中营，命令通常下得很草率，而对于囚犯如何得到必要的器材来执行命令，却从来没有详细的指示。命令必须要执行，我所知道的就这么多。我因此要面对一系列问题：用什么器具煮尸体？我把问题推给了二级小队长墨斯菲尔德。我告诉他有两具尸体要煮一下，但我没有任何工具。

他被我的说法吓坏了。他考虑了一分钟，然后想起来院子里有两个铁桶，以前经常在仓库里使用。他把这两个铁桶提供给我使用，并建议我在院子里砌好砖，然后把桶放在砖上，在桶下面生火。

砖已经砌好，两个铁桶也已经放在上面，里面有两具尸体。分配给两名特遣队员的任务就是去收集木材，点火并一直保持火焰很旺。五个小时以后，我检查了一下尸体，发现软组织已经很容易从骨头上剥离了。我命令他们把火扑灭，但不能动铁桶，直到冷却为止。

接下来没有其他事可做，我坐在离铁桶不远处的一个小凉亭里。深深的宁静环绕着我。几个囚犯泥瓦匠正在修理焚尸场的烟囱。黄昏降临了。现在铁桶应该已经冷却了。我正准备让人把铁桶里的东西倒出来，这时一个特遣队员跑过来对我说："医生，快，波兰人正在吃铁桶里的肉！"

我快步冲向那里。四个穿着无袖条纹囚服的人正站在铁桶旁边，由于惊恐而目瞪口呆。他们就是我刚才看到的波兰泥瓦匠。他们结束工作以后，在院子里等着警卫把他们送回奥斯维辛1号营。由于非常饥饿，他们正在看看能不能找到什么吃的，这时他们偶然看到了铁桶，正好有那么几分钟没有人在旁边看守。他们认为这是正在煮着的党卫军的肉食，他们闻了闻，然后捞起了几块没有外皮的肉，吃了起来。

然而，他们还没来得及吃太多，因为两个被分配看守铁桶和煮肉的特遣队员看到了发生的事情，然后迅速赶回桶边。当他们得知自己刚刚吃下的是什么肉的时候，波兰人开始恶心、恐惧、瘫倒在地……

汽油浴之后，实验室助手集齐了骷髅的所有骨头，并把它摆在实验台上。前一天，就在同一张实验台上，我曾检查的是活人。

门格勒博士非常高兴。他带了好几名随从。他们傲慢地研究了骷髅的特定部位，夸张地高谈阔论着，引用了大量的科学术语，好像这两名受害者代表着非常罕见的医学现象。他们完全沉溺于自己的伪科学中。

然而，这远不是什么极其罕见的畸形，这种情况太常见了，任何人种任何气候下都会有几十万人得这种病。即便一个经验有限的医生也会常常遇到这种情况。但这两个极为自然的病例会被利用作为宣传。纳粹的宣传机构在给巨大的谎言披上科学的外衣时从来不会犹豫。谎言宣传所针对的对象常常仅有一点儿或根本没有鉴别能力，只要是国家批准宣传的任何内容，他们都当做事实来相信。

骷髅被包裹在用硬纸做成的巨大的袋子里，运往柏林，上面写着："紧急—国防"。我松了一口气，它们终于离开了我的视线，因为它们使我度过了非常痛苦的时间，无论在他们活着的时候，还是死了以后。

在一周的时间快过完的时候，对罗兹犹太人区的清算已经完全结束了。一场冷冷的秋雨代替了太阳，它曾温暖了十月里日渐缩短的白天。烟雾遮蔽了集中营的营房，我的过去与未来也溶解在这烟雾的海洋中。雨下了好几天，那种钻入骨髓的湿冷使我的痛苦越来越甚。我到了每个地方，我也看过了每个地方，我只能看到带电的铁丝网提醒着我，一切希望都是虚幻。

在罗兹犹太人区清算结束后的第三天，特遣队队长带来了一名妇女和两个小孩，他们浑身上下湿透了，在寒冷中不断发抖。他们在最后一队囚犯被送去执行死刑的时候逃脱了。他们藏在用来加热焚尸炉的木头堆后面，猜测着自己身上将会发生什么事情。由于没有更好的地方，所以这些木头就被堆在院子中间。他们的队伍已经消失了，在他们眼前被地面吞没。没有一个人返回来。恐惧和寒冷使他们感到麻木，他们等在那里，希望命运的奇迹能降临在他们身上。但什么都没有发生。他们在雨中和寒冷中藏了三天，直到最后在特遣队队长巡逻时被发现，他们这三天什么东西都没有吃，他们身上的衣服仅够遮羞，他们被发现时几乎不省人事。队长无法以任何方式帮助他们，所以就把他们带到了二级小队长那里。

这名妇女大约30岁，但是看起来快要50岁了，她用尽全身的力气跪在墨斯菲尔德的脚边，求他赦免自己和她的两个孩子，他们分别只有10岁和12岁。她说她在犹太人区的一家制衣工厂工作了五年，为德国军队制作制服。她仍然愿意劳动，只要让她活着，她愿意做任何事情。

所有的一切都没有用。在奥斯维辛没有救赎。他们不得不死。但是集中营的往事肯定对小队长起了作用，他派了另一个人执行死刑。

31　遗忘是最好的结果

那是另一段被我们忘记的小插曲,因为如果我们不想变疯的话,绝对有必要将它遗忘,遗忘那之前和之后的黑暗……

像往常一样,饮酒大有帮助,这是一种短暂但非常有必要的放松。当我想起过去的时候,一切对我来说仅仅是一场可怕的梦。我唯一的奢求就是忘掉所有的事,什么事都不考虑。

现在已经是 1944 年 11 月了。雪大片大片地落下,把一切都笼罩在一片眩目的白色下,连瞭望塔也几乎看不见了,灰色的天空在我们眼前升起。风声穿过铁丝网时呼啸得更加厉害,唯一能使天空变暗的仍然是乌鸦。

在夜幕降临之前,我出去走了走。天气一点儿都不好,但是冷风却让人很清醒,抚慰着我疲劳的神经。我在院子里走了好几个来回,我的脚步把我带到楼梯口,从那里走下去就是毒气室。我在那里停了几秒,想起来那天是万圣节。死一般的寂静笼罩着奥斯维辛。冰冷的水泥台阶向下延伸,最终消失在黑暗中。就是通过这些台阶,400万无罪的人告别生命,走向死亡,他们知道就算是死去,他们的尸体也不能得到一块墓穴的庇护。我独自站在那里,站在这截台阶的最顶端,他们生命的最后一段旅途就从这里开始,我觉得我有责任停下来,带着发自内心的同情,以他们的亲戚和朋友的名义想想他们,或许他们此刻在世界的某个地方快乐地活着。

  我离开了那个凄凉的地方,回到我的房间。我打开门,注意到今天屋子里并不像平常那样用一个大灯泡照明,而是靠着一支蜡烛发出的摇曳的烛光照明。我的第一感觉是,一定是电力供应出了问题。但接着我就看到了我那曾是松博特海伊医学院教授的同伴正坐在桌边,他的胳膊放在桌上,他的头枕在手上,他那放空的眼神盯着蜡烛的火焰,他的思绪早已飞到了千里之外。他甚至都没有看到我的出现。烛光诡异地映在他的脸上。我轻轻碰了碰他的肩膀:

  "丹尼斯,"我轻轻地说,"你在这里点根蜡烛是为了纪念谁吗?"

  他的答复含含糊糊,令我迷惑。他嘟囔着一些关于他的继父和继母的事情,他们都已经去世15年了,但他没有提到关于他妻子和儿子的任何事情,根据一些特遣队员的传言，他们都在这里丧生。很容易看出来，他表现出了所有抑郁症和记忆退化的症状。

我扶着他的肩膀，带他穿过房间，把他放在床上，然后站在那里，低头凝视着他。

我可怜的朋友，博学的医生，我敏感而文雅的同伴，你宁愿落入死亡的枷锁也不去治疗自己的疾病，你现在已经快要到达死亡的国度了。这么多月以来，你目睹了多少人类无法承担的痛苦与恐怖，无论谁看到都无法相信。也许，你的神经背叛你是最好的结果，健忘那仁慈的面纱落在了你的灵魂上面。至少现在，你不用再烦恼和担忧你将要面对的未来会是什么模样。

32　特莱西恩施塔特的犹太人区

经过几天的平静后，焚尸场那熟悉的噪音又开始了。巨大的通风机的马达又开始发出轰隆轰隆的声音，焚尸炉的火焰不断升高。特莱西恩施塔特（Theresienstadt）犹太人区的囚犯就要到了。

自从捷克斯洛伐克共和国建立以来，特莱西恩施塔特就成了第一个有守备部队驻防的城市。德国人完全改变了这个城市的面貌，他们将当地居民赶走，建立了犹太人模范区。这个犹太人模范区囚禁的是从奥地利、荷兰和捷克斯洛伐克本地驱逐出来的犹太人，总计大约6万人。居民的生活相对要好一些。他们可以自由选择职业，可以收寄信件，也可以得到国际红十字会的救援。实际上，国际红十字会的队伍定期到这个小城市来，做出关于生活状况和囚犯治疗情况的良好记录。

通过建立这个犹太人模范区，德国人得到了他们想要的东西。因为这些国际红十字会做出的报告对于回应甚至打碎那些关于集中营与焚尸场的谣言起到了非常大的作用。

但是现在，在第三帝国崩塌的前夜，它已经根本无暇顾及世界舆论，甚至摘下了它见不得人的人道主义的虚伪面具。它立即开始清算还在被它监管的犹太人。

现在，终于轮到犹太人模范区特莱西恩施塔特了。当他们到达奥斯维辛的时候，犹太人区那些身体仍然健康的人接到一份这样的通知：

德意志帝国党卫军劳工管理委员会

通知：

  今下达德意志帝国党卫军劳工管理委员会命令，凡受到德意志帝国保护的犹太人，被指定服从义务劳役。接到通知的人务必在出发之前，将冬季的衣服、一周的口粮以及与所从事职业相关的必要工具一并上交本委员会代表。

  出发日期将另行公告通知。

特莱西恩施塔特
签名：_____

关于义务劳役的说法纯粹是一个臭名昭著的谎言，仅仅是实施清算的一个借口，这样可以使清算不间断地进行，同时回收一些非常需要的仪器、稀有的工具和德国平民所需的冬天的衣服。2万人死于毒气室并在焚尸场烧成了灰，他们都是壮劳动力，还处于他们生命力最旺盛的阶段。把他们全部灭绝仅仅花了48个小时！

在接下来的好几天，寂静又一次降临了焚尸场。

两周后，更多装满被驱逐者的车一辆接着一辆到了，停在犹太人卸货坡道上。妇女和孩子从车厢中爬出来。这一次没有筛选，所有的人都被指向左边。

脱衣室的地面上撒满了几百张传单，上面写着：

德意志帝国党卫军劳工管理委员会

通知：

　　本委员会批准受德意志帝国保护的犹太人×××的妻子及子女，响应义务劳役的号召，加入上述提到的犹太人中去，并获准在他服役期间和他生活在一起。预计提供合适的宿舍。凡接到通知者，只需携带冬季衣物、寝具以及一周的口粮。

　　　　　　　　　　　　特莱西恩施塔特

　　　　　　　　　　　　　签名：_____

接到这份恶魔精心设计的传单，妇女只想与她们的丈夫共同分担，儿童只想为他们的父亲出力。然后，这2万人一起走进毒气室，走进了焚尸炉。

33　特遣队又要被清算了

　　1944年12月17日清晨,一个党卫军士官到我房间秘密地通知我,接上级机关命令,从此以后在集中营里禁止以任何形式杀害任何囚犯。当我目睹了如此多的谎言之后,我根本无法相信他说的话,我对这件事表示了怀疑。但是他激动地重申,这是刚刚从电台收到的命令,焚尸场和党卫军政治部都收到了,我们很快便知它是真是假了。就我个人而言,恐怕这只是另一个诡计。

　　然而,上午还没过完,我就有机会证实他所说的真实性。一列闷罐车的5节车厢载着500名老弱病残的囚犯停在了1号和2号焚尸场之间的中转铁道上,车上的人以为他们要被送到"休息营"。他们遇到了党卫军政治部,后者与押送列车的指挥官和党卫军详谈了很长时间。最终,在到达死亡的边界之前,列车转了方向,载着上面的"乘客"去了 F 营的营房医院。

这是我在焚尸场期间,第一次见到一支送往奥斯维辛"休息营"的队伍没有被清算。一般来说,在到达的一小时内,囚犯就会被毒气室或者小队长的左轮手枪清算。而这一次相反,他们接受了医疗照料,躺在营房医院的床上。

不到一小时之后,另一趟列车到了,载着 500 名斯洛伐克犹太人,全是老人、妇女和儿童。他们下了车。我仔细观察着接下来会发生什么。在犹太人卸货坡道排队、等待筛选是标准程序。但我现在目睹的与惯例完全不一致。疲倦的旅客在他们下车的时候拿着他们沉重的行李,毫无例外地站在了通向 D 营方向的右边一列。推着童车的母亲走在前面,年轻人搀扶着上了岁数的老人。我直接的反应是心头一热。毫无疑问,在将这些人送往死亡的路上,焚尸场的大门将要关闭了。

对于集中营的囚犯来说,这件事情是一个好兆头,使他们有了希望。然而对于特遣队来说,却是不好的预兆,预示着结局就要到来。我非常确信就算四个月的期限还没到来,清算也会照常进行。

新的生活在集中营里开始了。再也没有暴力死亡,但是血腥的历史不得不隐藏起来。焚尸场必须拆除,柴堆壕沟要被填平,任何目睹或是参与了这里的恐怖罪行的人都不得不消失。我们已经充分意识到死亡注定会到来,我们怀着一种复杂的心情迎接这种变化,既有喜悦,也有妥协。

在那个疯狂的领袖、第三帝国的纵火狂发出的指令下,数百万人从欧洲各地来到这里。马伊达内克[①]、特雷布林卡[②]、奥斯维辛、比尔克瑙的屠夫邪恶地照亮了卸货坡道,而那些囚犯在卸货坡道上被分配到不同队列后,不到一小时就惨遭杀害,能活着走出去的人寥寥无几。

我感到心神不定,中午的时候,我回访了那个今天早些时候带给我好消息的党卫军士官。我想知道,他们在早上这段时间都作了些什么决定,有没有关于特遣队的决定,如果有的话,又是什么呢?幸运的是,他独自在房间,我可以随便和他聊天。

"特遣队?当然有。"他友好地回答道,"过几天你们都将被送到离布雷斯劳不远的一个地下军工厂去劳动。"

对于他所说的话,我完全不相信。不过,这一次我知道,他对我说谎不是要给我一种安全的错觉。他只是不想使我受到坏消息的伤害,因为不久前,我曾照料过他,并治愈了他的大病。

[①] 马伊达内克集中营(Majdanek Concentration Camp),1944年建成于波兰卢布林市,最初是劳工营,后用于对犹太人进行大规模屠杀。——编者注
[②] 特雷布林卡集中营(Treblinka Concentration Camp),1942年建成于德占区波兰境内,曾屠杀70万至90万犹太人。——编者注

34　再一次死里逃生

现在是下午 2 点。我刚吃完午饭,正坐在我房间的窗边,盯着蓝天和白云,它们使一场初雪失约了。正在这时,刺耳的喊叫声打破了宁静,从焚化室走廊传来:"全部集合,全部集合!"

这个命令我们已经习惯于每天听到两次,早晚集合点名的时候各一次。然而,现在传来了这样的命令,它可不是什么好兆头。

"集合,全部集合!"命令再一次响起,这次比前几次更加蛮横,也更加不耐烦。

沉重的脚步声就在我们的门口回响。一个党卫军突然打开门,再次喊着:"集合!集合!"我们带着沉重的心情走向焚尸场的院子,院子里有一队全副武装的党卫军,他们将已经站好队的特遣队员围起来,我们走过去,站到队伍里。任何人都没有感觉到一丝惊奇,也没有作出任何抗议。党卫军举着机枪,耐心地等着最后一个人站到队伍里去。我最后一次环顾四周。院子尽头静止不动的松树林形成了一条小小的通道,树梢被白雪覆盖。一切都那么安静祥和。

几分钟后,命令传来:"向左走,向左走!"我们离开了院子,但是并没有沿着路走,看守我们的警卫让我们向对面的2号焚尸场走去。我们穿过2号焚尸场的院子,心里想着这可能是我们最后一次步行了。他们让我们进入焚尸场的焚化室,但没有一个党卫军警卫跟着我们进去。他们在焚尸场外围成一圈,在门窗附近间隔站好,然后把枪放平,准备射击。门关着,窗户上也装满了粗铁条防护栏,彻底阻断了任何逃脱的可能性。我们2号焚尸场的同伴也在这里,几分钟后,党卫军打开门,把4号焚尸场的特遣队员送了进来,总共460个人,在等待死亡的到来。我们唯一不确定的事就是他们会用什么方式来灭绝我们。我们是这方面的专家,已经见过了所有的杀人方法。会是施放毒气吗?我不这么认为,特遣队员们也不这么想。机枪?对于这样的房间来说,并不方便。他们最有可能采取一石二鸟的办法,那就是把我们连同整栋建筑都炸掉。一个典型的党卫军的计划。或者,他们会从窗口扔进来一枚磷弹。那将会是一种同样有效的办法,以前也已经试过了,用在麦洛犹太人区(Milo ghetto)被驱逐者身上。他们当时所做的就是把被驱逐者赶入破旧的再无用处的闷罐车,然后往里面扔了一枚磷弹。

特遣队员们坐在焚尸间的水泥地板上,坐在他们能找得到的任何地方,焦急但默默地等待着下一步的行动。

突然,一名特遣队员打破了寂静。他大概30多岁,脸很瘦,很苍白,头发黑黑,他的眼睛被那副厚厚的眼镜片放得很大。他站起来,说话的声音大到所有的人都能听到。他是"大元"(Dayen),波兰一个小教会社区的拉比①。他自学成才,通晓世间万物和精神世界的知识,他是特遣队员里的禁欲者。他服从自己的宗教信仰,吃得很少,特遣队的食物储备非常丰富,他却只吃面包、人造黄油与洋葱。党卫军分配给他的工作是火葬,但考虑他狂热的宗教信仰,我曾请求小队长让他远离那个可怕的工作。我与小队长讨论时依凭的论据其实很简单,这个人对于包括火葬在内的重体力劳动来说,起不到什么用,因为他自愿接受禁欲的食谱,所以他太虚弱了。"除此之外,"我争辩道,"他还减慢了工作速度,因为他在每具尸体前都停下来默默祷告以救赎那个人。一天常常会有几千个灵魂被他救赎。"

这些就是我的论据,但已经够用了,它们足够奇怪,小队长因此派"大元"去烧掉2号焚尸场院子里永远堆得

---

① 拉比(Rabbi),犹太教神职人员的称谓,指受过正规宗教教育,熟悉《圣经》和口传律法而担任犹太教会众精神领袖或宗教导师的人。——编者注

满满的垃圾。这堆垃圾被党卫军称为"加拿大",是由原本属于被驱逐者的物品堆积成的,这些东西被认为是毫无价值的,不值得再利用,包括各种各样的食品、文件、文凭、勋章、护照、结婚证书、祈祷书、圣物以及《圣经》,这些都是被驱逐者被囚禁的时候随身携带的。

这座叫做"加拿大"的垃圾小山每天可以烧掉上万张照片,照片上既有刚结婚的年轻夫妇,也有上了年纪的老人,还有迷人的孩子与美丽的姑娘。与照片一起烧掉的还有数不清的祈祷书,在许多祈祷书中,我看到了墨水笔认真记录着每个家庭生活中的重要事件:出生、婚嫁、死亡。有的时候,垃圾小山里会有鲜花,那是欧洲各地的犹太人从他们挚爱的父母的墓地采来的。还有各种各样零碎的东西,这些东西堆成了这座一直燃烧的小山。

这里就是"大元"工作的地方,更准确地说,这里就是他不需要工作的地方,他的工作就是看着火不停地烧。即使这样,他也不高兴,因为他的宗教信仰禁止他参与任何烧祈祷书或是烧圣物的行为。我为他感到悲哀,但却没法帮他更多。想要得到一份更轻松的工作是不可能了,因为我们毕竟都是特遣队这支活死人队伍里的一员。

就是这样的一个人开始说话了:

同胞们……一种神秘的旨意引领我们走向死亡。命运为我们分配了最残忍的使命,那就是加入我们自己的毁灭中，目睹我们民族的消失，最终化为一堆骨灰。神从未送来雨水，去浇灭那柴堆上的火焰。

　　作为以色列的子民，我们必须顺从地接受，这就是事情发展的必经之路。上帝已注定此事的发生。为何？我们这些痛苦的人类，遍寻不到答案。

　　这就是已经降临在我们身上的命运。不要恐惧死亡。生命的价值是什么，即使有奇迹发生，我们应该继续活下去吗？我们应该回到我们的城市和乡村，找到那冰冷的、被掠夺一空的家吗？在每一间屋子、每一个角落，那些已经消失了的人的记忆还潜藏在那里，浮现在我们充满泪水的眼中。我们已经被夺走了家人和亲朋，我们将由于自己的过去感到寝食难安，拖着自己的影子四处徘徊，寻不到任何一处和平与宁静的地方。

他的眼中燃起了火焰，他那瘦瘦的脸已经变形。或许，如他所说，他已经准备好面对死亡了。死一般的寂静充满了屋子，只有点烟时偶尔发出的擦火柴的声音会划破这片宁静。偶尔有人重重叹一口气来表示最后的告别，与生告别，与死告别。

　　厚重的大门打开了。二级小队长斯坦伯格进了屋子，身后跟着两名警卫，手中举着机枪。

　　"所有医生出去！"他不耐烦地用德语喊道。

我和我的两名同事以及实验室助手离开了屋子。斯坦伯格和两名党卫军停在两座焚尸场中间。小队长给我一张他一直拿在手中的纸片，上面列着一大串数字，他让我把自己的编号找出来然后划掉。纸上列着所有特遣队员的文身编号。我拿出我的钢笔，找了一会儿，找到我的编号，然后在上面划了一条线。他接着让我为我的同伴做同样的事情。做完这个之后，他陪着我们回到1号焚尸场的大门，让我们回屋，不要离开这里，我们照做了。

次日早晨，由5辆卡车组成的一列车队驶进焚尸场的院子，将车厢里的尸体倒了出来，这些是旧的特遣队员。新的30名特遣队员把他们拖到焚化室，摆在焚尸炉前。他们的身体上全是可怕的烧伤疤痕。他们的脸和衣服全部烧焦了，尤其是他们的文身编号也消失了，根本不能分辨出来他们是谁。

在毒气致死、柴堆烧死、氯仿注射致死、子弹射入后颈致死、磷弹致死之后，这里用了第六种我以前没有见过的杀人方法。夜晚，我的伙伴们被带到附近的森林里，然后被火焰喷射器烧死了。我们四个还活着，这并不意味着他们想饶过我们，而是因为我们对他们来说不可缺少。在允许我们继续活着的事情上，门格勒博士只不过给了我们另一个缓刑期限。这种想法再一次使我们心里非常不舒服，也高兴不起来。

35　奥斯维辛将被毁掉

从此，焚尸场历史上的第 13 特遣队也消失了。现在我们每天的日子都在彻底的沉默与无聊中溜走了。由于无所事事，我们沿着冰冷的、令人望而生畏的围墙徘徊。我的脚步声在寂静中刺痛了我的耳朵。没有人给我们下命令，我们无事可做。晚上，我们躺在床上，无法入睡。整栋建筑里只有我们 4 个人。在焚尸场工作的 30 个人并不是特遣队员，他们住在集中营里，每天到这里来烧掉那些死在医院里的人的尸体。

我们沉默着、反省着、由于悲痛而俯卧着，等待着我们的末日。二级小队长墨斯菲尔德好像变了一个人似的，刻意避免与我们碰面，这是一个不好的信号。或许他觉得已经完成了他的作用：血腥的悲剧已经结束，在命运的支配下，很快，禁忌真相的人也会把他解决掉。有一次，他把自己锁在房间里好几天,他不停地喝酒,显得干渴难忍,他想要忘记过去,也想忘记黑暗无光的未来。

有一天,门格勒博士出人意料地来了,到房间里找我们,他觉得我们可能不在解剖室,因为我们没有事可做。他宣布,已经接到了上级的命令,奥斯维辛集中营将被完全毁掉。不,在这种情况下,他不是指住在里面的人,而是指这个机构本身。两座焚尸场被拆掉,第三座焚尸场将会暂时用于火化医院里死去的病人。我们将与解剖室一同转移到4号焚尸场,那里将继续运转。1号和2号焚尸场将立刻拆毁。当然,3号焚尸场已经在10月暴乱的时候被夷为平地了。

这真是一个历史性的时刻,也是一个值得欢庆的时刻。第二天早晨,一队囚犯派遣队员到了院子里,分成两组,开始拆除这栋建筑。看到红色的砖头在炸药爆炸的作用下一块接一块翻落到地上,我有一种预感,第三帝国也要毁灭了。犹太人曾经建造了它,现在又在毁灭它。我从来没有看到任何集中营的囚犯像今天这样卖力,我看到他们脸上露出对即将到来的更好的人生的希望。

在解剖室里,所有可移动的东西都被打包了。至于解剖台,只有大理石板被拆了下来,用水泥支架替换。东西几个小时就搬完了,我们在4号焚尸场度过了第一夜。我们安排好实验仪器,摆好了解剖台,把底座和杯子放在原位,这些全做好之后,解剖室再一次做好了运转的准备。

接下来十天什么情况都没发生。我们继续过着无所事事的日子。党卫军警卫靠醉酒麻痹自己的次数也越来越频繁。他们甚至很少能在一天当中清醒几分钟。

一天晚上,当我们正在吃晚饭的时候,二级小队长墨斯菲尔德脚步踉跄地进来了,醉醺醺地靠在桌上说:"晚上好,年轻人,你们很快就要死掉了,但随后也会轮到我们。"通过从这个醉汉嘴里吐出的真言,我证实了一个早已有所怀疑的事情。看守我们的警卫会与我们一同消失。

我给小队长送上一杯加了朗姆酒的热茶,我们刚一添满,他就一饮而尽,看起来非常满足。他坐在我们的桌边,好像要弥补他过去的沉默,开始说起话来。他告诉我们他的妻子是如何在一次空袭中死掉的,他的儿子正在与苏联交战的前线上。

"全结束了,"他说,"苏联人离奥斯维辛只有不到40公里了。整个德军都在全速撤退。所有人都离开前线,逃到西部。"他的话使我们心里很舒服。看到小队长如此绝望,一道希望的曙光开始在我心中升起。也许我们终究可以成功地活着离开这里。

36 新来的囚犯

我们在希望与绝望之间等待对奥斯维辛的末日审判,安全地活到了1945年元旦。院子里目力所及之处覆盖着白雪。我离开焚尸场绕着院子散步。

突然,强劲的马达发出的突突声传到了我的耳朵里,过了一会儿,一辆巨大的棕色货车出现了。这辆货车是用来运送囚犯的,集中营里的人管它叫"棕色的托尼",因为它涂着暗棕色的油漆。一个高个子官员下来了。我认出来他是克莱恩博士,党卫军少校,他是邪恶的、双手沾满血腥的集中营军官之一。我立正站好,向他敬了一个标准的军礼。他从集中营10号营房带来了100名新的受害者,那里是营房监狱。

"现在有一些新的工作用来迎接新年的到来。"他告诉匆匆赶来迎接他的小队长。

小队长醉得如此厉害，以至于都快站不住了。他显然在全力庆祝新年的到来。谁知道，或许他只是硬着头皮面对警卫们即将到来的末日。至少，从他的表情可以很明显地看出，当他得知要在新年执行这么血腥的任务的时候，他根本不高兴。带到这里被杀害的是100名波兰囚犯，全是基督徒。党卫军警卫把他们带到焚化室旁边的一间空屋子，命令他们立刻脱掉全部衣服。与此同时，克莱恩博士和小队长在院子里散步。

我赶紧冲到他们正在脱衣服的地方，开始询问他们被关押在这里的原因。其中一个人告诉我说，在他克拉科夫（Krakau）的家里，他给一个亲戚提供了庇护。盖世太保指控他帮助游击队员，把他带到军事法庭接受审判。在等候判决的时候，他被送到了10号营房，而他还不知道，法庭已经给他判了死罪。这就是他在这里的原因。然而，他误以为他被带到这里沐浴，接着被分配到强制劳动营。

另一个人被囚禁的原因是曾与别人同谋制造通货膨胀。这的确是非常严重的过错。只是他是怎么犯下这个罪的？他曾在黑市买了一磅黄油。第三个被关押的人曾闯入禁区。他们指控他是游击队的间谍。我所听到的故事大同小异：轻微地触犯或违反法律变成了难以置信的、莫须有的控诉。

由于已经没有了特遣队，党卫军警卫就把这些人送到了小队长的左轮手枪底下。

"棕色的托尼"强劲有力的马达声再一次响起。100名新的受害者到了，全是女性，穿着华丽。她们被送入同一个房间，就是几分钟前那些男人们脱衣服的地方。然后这些妇女一个接着一个被带到小队长早已准备好的枪口下。她们也是波兰的基督徒，她们也因稍稍违反法律而付出生命的代价。

焚化由党卫军执行，他们让我给他们提供一些橡胶手套来完成任务。

那200名囚犯刚被确认按时枪决，克莱恩博士就离开了焚尸场。今天的屠杀与12月17日禁止暴力实施死刑的命令并不矛盾。相反，党卫军所做的一切只是执行战时建立的军事法庭的判决。

37　奥斯维辛的末日审判

　　日子悄悄地过去了,没有任何中断。有传言说门格勒博士已经逃离了奥斯维辛。集中营有了一位新医生,还有,从现在起,这里不再叫做集中营了,而叫做"劳改所",意思就是"劳动营"。一切都已解体破碎。

　　1945年1月1日,我碰巧读到一张报纸上讲述苏联正在发起进攻。重型炮发出的声音使窗户的玻璃发出咯吱咯吱的声音,前线交战的火线每天都在靠近。1月17日,虽然我不太累,但我早早上了床。我想独自好好思考一下。在令人愉快的温暖的焦炭炉的抚慰下,我很快就迷迷糊糊地睡去了。

　　我被一阵强力的爆炸声惊醒的时候,估计已经是午夜了,机枪发出嗒嗒嗒扫射的声音,火光晃得人眼花缭乱。我听到了砰砰的敲门声和跑步的脚步声。我跳下床打开了门。焚化室的灯开着,党卫军房间的门大开着,我目睹了他们离开的速度。

焚尸场那沉重的大门也开着。视线里没有一个警卫。我迅速瞥了一眼瞭望塔。它们数月来第一次空着。我跑回去叫醒我的同伴。我们匆忙穿好衣服,为这次绝妙的旅途做好准备。党卫军已经逃走了。我们不会再在这里多待一分钟,八个月来,在这里的每一分钟、每一小时,死亡都在等着我们。我们已经等不及苏联人到来了,因为如果我们落入党卫军后卫部队的手中,他们会毫不犹豫地处死我们。幸运的是,我们有极好的衣物,有大量的毛衣、外套和鞋,外面的温度至少是零下 10℃。我们每个人都带了一罐两磅重的食物,在兜里塞满了药品和香烟。

我们离开了,带着因自由而产生的极度兴奋的感觉。在离焚尸场 2 公里远的比尔克瑙集中营的方位,我们看到巨大的火焰从地平线升起。很可能是集中营被烧毁了。

穿过焚尸间,我们路过了储存黄金的房间前面。装着数不清的财富的箱子还躺在里面,但我们甚至都没有打算停下拿一些。当一个人的生命处于险境的时候,钱又算得了什么?我们已经懂得没有什么是永恒的,也没有什么价值是绝对的。只有一条规则例外:自由。

我们从正门离开。没有人阻止我们。这突如其来的变化看起来叫人难以置信。我们脚下的小路在比尔克瑙的小树林里延伸,树林的底部和顶部都覆盖着厚厚一层白白的雪。就在同一条小路上，数百万人曾经走向死亡。我们经过了白雪覆盖下的犹太人卸货坡道。他们在这里爬下闷罐车，等待被筛选……那个情景再一次浮现在我的眼前：永远分开的两列队伍，一左一右，我悲伤地凝视着他们离开。但是对他们来说，这些只不过是按部就班的程序：他们全都死了。

是的，比尔克瑙集中营着火了。一些警卫的房间烧着了，房间里面存放着集中营的记录。一大群人集合在营地大门前等待离开的命令，可能有3000人。我没有丝毫犹豫就加入了他们的队伍。这里没人认识我。我已经不再是那个掌握着罪恶秘密的人，不再是特遣队的一员，因此不是必须得死去。在这里，我只是另一个迷失在人群中的集中营囚犯而已。在我看来这是最好的解决办法。我的同事们也同意了这种做法。所有人都在逃离比尔克瑙，但是我觉得他们不大可能带我们逃得很远。用不了一两天，苏联人就能追上我们。但在这之前，党卫军会先逃跑。与此同时，我们最好的办法就是与其他人一起在两条火线间逃生。

已经大约凌晨1点了。最后一名党卫军离开了营地。他关上了铁门，切断了位于入口处附近的总电源。比尔克瑙这片巨大的欧洲犹太人墓地陷入了一片黑暗。我的目光久久徘徊于营地的铁丝网上，以及那屹立在黑暗中的一排排营房。再见了，数百万人的墓地，没有一个墓穴的墓地！

我们在一队党卫军的包围下出发了。我们与新认识的朋友们讨论着刚刚发生的事情以及现在会发生什么事情，猜测明天会有什么情况出现。党卫军会把我们押运至一个新的监狱吗？还是会如我们所希望的那样，把我们抛弃在沿途的某处？

我们大约前进了五公里，这时候我们的左侧成了重火力攻击的目标。苏联先遣部队发现了我们，误以为我们是军队，所以开火了。他们用的是轻型机枪，还有轻型坦克支援。党卫军迅速还击，并朝我们喊着，让我们趴在地上隐蔽起来。我们爬进了路两边的壕沟。两边的火力都很猛烈。接着，不一会儿，一切再次安静下来。我们又开始穿越贫瘠的、被积雪覆盖的西里西亚大地。

慢慢地，天亮起来。我估计我们晚上前进了大约15公里，但我们仍然在一片白茫茫中继续前进。我一路都可以看到随处乱扔的水壶、毛毯和木鞋，那是走在我们前面的一队女性囚犯遗弃的。

又前进了几公里以后，我们看到了更加悲惨的景象：每隔四十到五十米就有一具尸体躺在路边的壕沟里。一公里又一公里，同样的情景都在发生：到处都是尸体。由于筋疲力尽，他们没有办法走得更远，当他们偏离队列的时候，就会有党卫军给他的后颈送入一颗子弹。

所以我根本没有离开杀戮与暴力。很明显，党卫军已接到命令，不让任何一个受害者掉队。一想到这个就令人沮丧。尸横遍野的景象给我们所有人都留下了深刻的印象，我们加快了前进的速度。向前走就意味着能活命。

现在,我们的队伍中也发出了第一声枪响。两个难兄难弟的尸体掉进了旁边的壕沟。他们无法再前进一步,然后坐了下来,接着,一颗子弹射进了他们的脖子。十分钟之内再没有发生同样的事情。

接近中午的时候,我们到了普拉绍夫(Plesow),在这里第一次停下来休息。我们在一个体育场里休息了一小时。那些带了食物的人吃了一点东西。我们抽了支烟,然后沿着积雪覆盖的道路再次出发。但是一周过去了,两周过去了,我们还在前进。我们已经走了20天,直到最后到达一座火车站。我们总计行进了200公里,在三周的时间里几乎什么东西都没吃。晚上,我们就睡在严寒的户外。当我们到达拉蒂博尔(Ratibor)的时候,只剩下2000人了。大约有1000人在沿途被枪射死。当我们看到等候我们的闷罐车的时候,我们安心了。

我们爬进了车厢,在经历了一夜的等待之后,再一次出发了。这趟旅程持续了五天。我没有数那些冻死的伙伴的人数,但我们中间只有1500人到达了目的地,毛特豪森集中营(Mauthausen Concentration Camp)。然而,少了的500个人里有一些并没有死,他们利用合适的机会,从队伍中溜走了,也许逃脱了。

38 逃离奥斯维辛

毛特豪森集中营坐落在山顶上,俯瞰与之同名的古老的毛特豪森市。集中营是用花岗岩石块建造的,看起来像是建筑了防御工事的小镇。那些堡垒、古塔与枪眼,使这里从远处看起来就像一座中世纪的城堡。

要是石头上再盖上一层生长了好几个世纪的青苔,或者在经年风吹雨打的作用下变得灰白斑驳,那这将会是一幅多么罕见而美丽的画面啊。相反,他们将这座建筑刷上了与周围风景极不和谐的耀眼的白色,在黑暗森林的映衬下格外显眼。因为"城堡"是最近才修建的,它的墙上还没有形成那种古老建筑特有的朴素的美丽。第三帝国把它建成了一个集中营。4万名西班牙共和派和法国难民在他们的家园被占领后来到了这里,这里还有几十万德国犹太人。就是他们在毛特豪森的采石场切割石块,就是他们沿着7

公里长的小路将石块运上山顶（那里以前只出现过野山羊），就是他们在自己那凝聚着悲伤的家园附近修建起坚固的城墙，而他们自己住的不过是破木屋罢了。为了完成城堡的修建，他们付出了难以置信的痛苦代价，但他们却没能活着住进去。在修建这座由石头和水泥建成的城堡的途中，他们就像古埃及的奴隶一样，都死掉了。

然而，这座集中营没有空多久。数千名曾在南斯拉夫地下活动中战斗过的人，全欧洲各种各样抵抗运动的成员，当然还要加上在劫难逃的民族——犹太人，成千上万地涌入这里，不到几天的时间就占满了堡垒里的营房。他们只在死前一段非常短暂的日子里在此居住。

现在另一支队伍正在险峻的、被积雪覆盖的山路上慢慢向上爬，这就是我们的队伍。经过长途跋涉与难以忍受的寒冷之后，我们的人数少了很多。我们的力气几乎耗尽了，最终我们在苍茫的夜色中走进了集中营的大门，在"集合操场"上列队站好。

我四处寻找我的同伴。实验室助手费舍尔已经失踪了。自从普拉绍夫之后，我就再也没有看到他。那时候他正躺在雪地里，他的力气已经完全耗尽。从他已经收缩的面部表情来看，我猜测他的末日快到了。他已经55岁了，在集中营里度过了五个年头，他的身体无法适应长时间的行军以及深入骨髓的寒冷，这一点毫不奇怪。科尔纳博士状态还不错，但另一方面，高洛克博士正处于危急状态。他的精神问题正在逐步恶化，在焚尸场的每一天，为他的精神问题保守秘密已经成为我不断烦恼的来源。我已经尽我所能确保他不被门格勒博士看到。墨斯菲尔德也很危险。如果任何一个人看到他的状态，他的性命就连一个铜板都不值了。

在离开焚尸场之前，他已经告诉了我他的遗愿。

"尼斯利，"他说，"你是一个意志坚强的人，有一天你一定会活着离开这里。对我来说，我知道我的生命快要结束了。"我想反驳他，但他挥了挥手，把我那鼓舞人心的话挡了回去，继续说："我已经确定我的妻子和女儿都死于毒气室了。但我把我12岁的儿子留在克塞格（Koszeg）修道院的修道士身边。要是你真的能回到自己的家，去找他，然后把他当做自己的孩子抚养长大。我在自己还清醒的时候说这些话，因为我知道我活不久了。"

我已经答应他我会遵守他的遗愿，我成功地活了下来，而他却没有。

庆幸的是，现在我们已经远远地离开了那个必死之处。当自由的希望刚刚充满我们的内心，当我们如此地接近自由的时候，人却死了，这才是真正的悲哀。

点名之后，我们穿过一段弯曲的走廊去沐浴。在那里，我们遇到了从其他营地新来的几组人：这么狭小的地方估计挤进来一万多人。强风在城堡的墙缝中呼啸。集中营所在的这座山峰就是阿尔卑斯山脉的起点，这里的冬天极其寒冷。我们了解到我们被编为40人一队去往浴室。我算了算，照这个速度，要是每个人都去洗的话，需要三天时间。

驻扎在这里的警卫是从德国囚犯里招募的，都是因谋杀、盗窃等罪名入狱的。不用说，他们是党卫军忠实的仆人。今天，他们的任务就是将被驱逐者分组送去沐浴。雅利安囚犯先去。事实上这里有如此多的雅利安人，我想轮到犹太人去洗至少得三天以后了。在这里等待沐浴的两天是生死攸关的两天，因为没有经过沐浴的囚犯是不能进入营地的，也不能被点名，只有名单上的人才可以拿到吃的。要是一个囚犯已经筋疲力尽了，两天没有食物的等待就意味着几乎死定了，因为他的腿会弯曲，他会闭上眼睛睡觉，他会陷入厚厚的积雪里，再也站不起来。已经有大约100名囚犯躺在我周围的地上。没有人注意到他们，因为每个人都用尽一切办法先挽救自己。这是我们向着生命终点线最后的冲刺。

考虑到我所处的形势，我决定如果我的生存没有受到严重威胁，那么我今夜不能在外面度过。我今天必须到浴室里去。可怜的丹尼斯漫无目的地四处徘徊，他没戴帽子也没戴眼镜，就像一个睡着的人。他双眼混浊，一边走一边喃喃自语，说着一些莫名其妙的话。我拉着他的手，拖着他跟我一起走，希望能通过某种方法使我们到浴室里去。但是我们还没走几步，他就偷偷溜走，消失于茫茫人海中了。我叫着他的名字，声嘶力竭地喊着，但根本没有用。风刮得如此猛烈，我连自己的声音都听不到。

我感觉到了危险，就用力推开人群，接近向下通往浴室的台阶。最终我排除万难，站在了前排。几个拿着橡胶棍的党卫军守在入口处。一个40人的小组已经集合好，等待进去。他们全都是雅利安人。

我再一次作了一个突然的决定：我离开人群，走近一个党卫军的二级小队长，用很自信的语调告诉他：

"二级小队长先生。我是奥斯维辛的医生。请让我到浴室去。"

他上下打量了我一番。也许是因为我体面的衣服，也许是因为我坚决的态度，或者最有可能是因为对他那完美的命令给他留下了深刻的印象。不管怎样，他转向了站在入口处的他的同伙，说："让这位医生进去。"

我独自一人，在这一组等在楼梯边的40个人之前走下了台阶。安全了！这是多么容易啊！是的，有时候一时冲动下决心是划得来的。

浴室温暖的空气很快就给我几乎冻僵的双腿注入了力量。经过日复一日的寒冷之后，最后终于到了温暖的房间！沐浴本身对我也有极大的好处。我们的衣服弄得太脏了，不得不放弃它们。我很遗憾要交出我的外套、西服和温暖的羊毛衫，但最后我很高兴地看到他们让我留着我的鞋子。在集中营里，一双好鞋对于挽救一个人的性命有至关重要的作用。

我穿回我的鞋子，加入了刚刚结束沐浴的这一组人。我们浑身赤裸，背对着通向浴室的小路，在那里我们等了半个小时，直到人数足够填满整个营房。经过温暖的沐浴之后，又裸露在户外冰冷的寒风中，气温接近零度，这真是玩命！

终于，另一组40个人加入了我们，我们出发了。党卫军警卫让我们在前进的时候齐步走，刚走了50米我们就到达了33号营房，隔离营。

一个囚犯站在入口前面，他佩戴着熟悉的刑事犯的绿色徽章，他是我们的营房首领。他给每一个新来的人发四分之一块面包，在稍远一点的地方，一名囚犯办事员在面包上抹一勺动物脂肪制成的黄油。我们每个人也都得到了半品脱热气腾腾的咖啡。

经过了十天食物匮乏，这些看起来就像是皇家盛宴。我吃完食物后，环顾四周，想找个合适的地方躺下，最终选择了一个隐蔽的角落，我断定我在那里被人踩到的机会很小。我躺在地板上，因为隔离营里没有床。即使这样，我还是熟睡到起床号吹响。

我醒来后想到的第一件事就是那些还站在外面的人——假如他们还在站着的话——他们在瑟瑟寒风中等着进入浴室。我们在33号营房里待了3天，在此期间我们无事可做。我们的食物不算太坏，因此，我们或多或少都从三周的逃亡中复原了。

在我们停留的第三天,一名上将在一个党卫军的陪同下查看了我们的营房,他命令任何曾在奥斯维辛工作过的人站出来。

我的血液凝固了。日耳曼民族真是"严谨"的民族,他们肯定有一份曾在奥斯维辛工作过的人的名单,上面记载着人员的名字或编号。好像的确有这样的名单。但是……想到这里,我意识到这些不过是诡计罢了,只是试着从一大群人中挑出那些可能泄露焚尸场肮脏秘密的人。如果他们真的有名单的话,他们只需要检查我们的文身编号就可以了。这里没人认识我。我等待着,血液在我的耳边澎湃着,时间一分一秒地过去,营房中一片寂静。接着他们离开了,我又一次赢了。死亡的车轮又一次旋转着与我擦身而过。

那天晚上,我们拿到了无袖条纹囚服,然后顺着山路走到了毛特豪森火车站。在那里,我们被装上闷罐车,然后被送到多瑙河畔的梅尔克集中营(Melk Concentration Camp),总共有 7000 人。这是一段很短的路程,只是为了换换环境,路上相当舒服,因为我们没有挤得像沙丁鱼那样,有足够的空间可以坐在地板上。三个小时以后,我们爬下了车厢。

梅尔克集中营就像毛特豪森集中营一样,也坐落在山顶上,俯瞰周围的乡村。这里原来是个监狱,继承了冯·比拉伯(Von Birabo)男爵的名字,它的数量巨大的营房足可以一次容纳 1.5 万名囚犯。乡村如画的美景舒缓了我们巨大的痛苦和不适。

巴洛克风格的修道院从岩石山上探出来,下面是蜿蜒环绕的多瑙河,形成一幅令人难忘的美丽画面。多瑙河与我们的家园和故土有着深厚的联系。看到它就使我们感觉离家不远了。

39　我们自由了!

1945年的春天来得很早。现在是四月初了,从梅尔克壕沟两旁铁丝网伸出的树叶已经变绿了。在多瑙河河岸上,绿色的草代替了积雪,只有还未消融的几块积雪提醒着我们刚刚经历过的那段寒冬腊月。

我们已经在梅尔克集中营生活八周了,经历了好日子与坏日子,但是这些经历已经消耗了我的力量,只留下疲惫与虚弱。只有怀揣着尽早解放的希望,我才能阻止自己陷入彻底的昏睡与冷漠。

这里的一切都在瓦解。第三帝国崩塌的最后阶段就在我们眼前展开。战败的军队源源不断地撤退到这个即将沦为废墟的帝国内部。积雪融化的水充盈了多瑙河,在多瑙河上,几百艘小船与驳船运送着被疏散的市民。第三帝国千秋万代的美梦破灭了。关于人类生来就不平等,优等民族统治世界的美梦也破灭了。渴望自由的欧洲人民不再生活在恐惧中，那些征服者曾经带来的恐惧，他们的笔随便一挥，就能轻易、武断地把一个城市从地图上抹去。从此，欧洲人民不再恐惧他们的家园被掠夺，不再恐惧自己被剥夺一切，不再被人用针尖在手臂上文上编号，也不再被人押运到强制劳动营以及被警犬监视，不再会有佩戴骷髅头徽章的党卫军了。

第三帝国的纵火狂正在世界舞台上演他们最后的戏码，他们点燃了全世界的怒火，现在只能用这把火把自己毁灭。那个声音沙哑的人此刻正在地洞中瑟瑟发抖，他的那句"德意志高于一切"曾在全世界各个波段播放了整整十年。第三帝国不妥协的自豪感已被全世界人民联手打破，他们渴望自由，而不贪婪于征服。

1945年4月7日，悬挂在铁丝网灯柱上的弧光灯不再亮起。黑暗与寂静笼罩了这片被遗弃的地方。营地已经空了，大门紧闭着。7000名囚犯被带到更远的内陆，先是乘船，然后沿着挤满了难民的道路前进。经过七天漫长的白昼与黑夜，我们最终到达了新的目的地，艾本塞集中营（Ebensee Concentration Camp）。这是我们的第四座集中营，我们穿过了张着血盆大口的死亡大门。

所有人抵达后，不可避免地开始了冗长的点名。接着是沐浴。接着再一次被隔离，再一次住在肮脏的营房中，再一次看到拿着橡胶棒的警卫，再一次睡在坚硬的地板上。

我盲目地跟随别人一起经过这三个已然成为惯例的阶段。点名期间，冷风呼呼地吹过，倾盆大雨浇湿了我的衣服。苦涩使我不堪重负。我知道我们离获得释放可能没几天了，但此时此刻我们还生活在混乱和犹豫不决的世界中。然而，一旦最终决定的时刻到来，可能我们都是那个不幸运的人。被囚禁的日子的结束，完全有可能变成一场血腥的惨剧：他们很可能在自由来临之前的最后一刻把我们全部杀掉。

经过十二个月的关押，所有规定土崩瓦解的时刻突然到来了，这样的结果确实很符合第三帝国的一贯作风。

但情况还没有最终结束。5月5日，一面白旗飘扬在艾本塞的瞭望塔。一切都结束了。他们放下了手中的武器。上午9点，一辆美式轻型坦克载着三名大兵攻占了集中营，当时的阳光格外耀眼。

我们自由了！

后　记

　　带着一身的伤病以及心理的创伤,我开始了漫长的回家的旅程。这一路并不愉快,无论走到哪里,我都能看到一度繁荣的城市和小镇,现在只剩下一堆废墟和一片片立着白色十字架的墓地。

　　我害怕真相,害怕回到那个被掠夺一空的家,一个既没有父母,也没有妻子、孩子,更没有妹妹的家,没有人用温暖和亲情迎接我的家。悲伤与烦恼、焚尸场与火葬柴堆的恐怖、我在特遣队长达八个月的活死人一样的日子,这些都使我分辨善恶的感觉变得迟钝。

　　我觉得我应该好好地休息一下,尽量恢复我的体力。但是,我不停地问自己,我这么做是为了什么?一方面,病痛折磨着我的身体;另一方面,血腥的历史使我变得心寒。我目送无数的无辜者进了毒气室,目睹火葬柴堆令人难以置信的景象。而我自己，一直在执行一个疯狂的医生的决定，解剖了上千具尸体，使那个基于错误理论的伪科学从数百万受害者的死亡中受益。我为了那个疯狂的医生，从一个年轻健康的姑娘身上切下肉来，当做细菌培养基里的营养素。我把侏儒和残疾人的尸体泡在氯化钙溶液里，还用沸水煮尸，这样，精心制作的骨骼标本可以安全到达第三帝国的博物馆里，为后代证实一个民族的灭绝。即使现在这一切已经过去了，我还不得不在脑海中和梦里应付它们。我永远无法从我的大脑中抹去这些记忆。

我已经感觉到至少有两次与死神擦肩而过：一次是我趴在地上的时候，一队训练有素的党卫军在我身后摆好即刻处决的姿势，后来我成功逃脱了。但是我的3000个知道焚尸场恐怖秘密的朋友却没有那么幸运。另一次是在我穿过被雪覆盖的田野，走了几百公里之后，又冷又饿，筋疲力尽，体力仅够支撑到达下一座集中营。我所走的那段路真的是太长太长。

现在，我终于回家了，却什么都没有了。我在安静的屋里没有目的地走来走去。我自由了，但我却无法从血腥的过往中解脱，那植根于内心的痛苦填满了我的脑海，撕咬着我的理智。未来看起来一片黑暗。我像个鬼魂一样，在一度熟悉的街巷里不安地游荡。我唯一能够摆脱沮丧和昏睡状态的时刻，就是有那么一秒钟错把在路上看到的或是偶尔碰到的人当作我的家人。

我回来几周以后的一天下午,感觉有点儿冷,就坐在壁炉边,想从那充满房间的温暖的光芒中获得一些安慰。天色已经很晚了,黄昏已经降临。门铃把我从梦中惊醒。我还没有站起身应门,我的妻子和女儿冲进了屋里。

她们身体状况不错,刚刚从贝尔根－贝尔森(Bergen-Belsen Concentration Camp)释放,那是最臭名昭著的集中营之一。但是她们在崩溃前能告诉我的就这么多。她们不能抑制地啜泣了几个小时。我对于将她们拥在怀中感到很满足,她们的痛苦,她们身心所受的折磨在那一刻得到宣泄。慢慢地,我已经熟悉的啜泣声平息了下来。

我们有太多要做的事,太多要讲述的故事,太多要重建的东西。我知道,恢复到以前任何形式的真正正常的生活,需要花费我们大量的时间和无限的耐心。但最要紧的是,我们还活着,又相聚在一起。生命突然又一次变得有意义了。我应该开始工作了,是的……但我发誓,在我的有生之年,我永远不会再拿起手术刀。

出版后记

2015年是世界反法西斯战争胜利70周年，也是纳粹制造的人间地狱奥斯维辛集中营被解放70周年。1945年1月27日，苏联红军解放了这座大规模屠杀犹太人及其他无辜平民的"死亡工厂"。为了铭记奥斯维辛集中营的惨痛教训，记录人类历史上最黑暗的一页，德国、英国和意大利等很多国家都将这一天定为大屠杀遇难者纪念日。2005年11月1日，第60届联合国大会全体会议一致通过了由104个国家共同提交的一项决议草案，决定将每年的1月27日定为"国际大屠杀纪念日"。

"历史可以被原谅，但不能遗忘。"奥斯维辛的惨痛教训不仅是欧洲犹太人应铭记的历史遗产，也是全人类应共同守护的价值底线。本书作者米克洛斯·尼斯利亲身经历了集中营的黑暗岁月，用"质朴"的文字记述了那段历史。

透过他的眼睛,我们仿佛亲眼看见那些特殊的时刻;通过他的记录,我们重温了一个帝国的缓慢瓦解——而这个疯狂的、宏伟的帝国曾被人们认为会统治万代。

1946年,尼斯利完成了这部"回忆录",以连载的形式刊登在匈牙利的《世界报》。稍后,以《我是奥斯维辛焚尸场门格勒博士的医学助手》为题出版成书。1951,让-保罗·萨特主办的月刊《摩登时代》刊登了这部纪述的多个片段。随后,英国先锋派杂志《梅林》将其译为英语刊载。这部纪述的英语完整版于1960年出版,书名改为《奥斯维辛:一位医生的亲眼见证》。自此以后,该书的德语、意大利语、罗马尼亚语及波兰语等译本相继问世。2012年,企鹅出版公司出版了最新的英语译本,并将其列名于"现代经典丛书"。

在过去的近70年中,这部"现代经典"已成为人们了解奥斯维辛苦难的必读书,但也引发了争论无数。为本书作序的布鲁诺·贝特尔海姆就提出了一个尖锐的问题:为什么犹太人会自愿被限制、被捕、被驱逐,就算是被杀掉也没有任何反抗?而普利莫·莱维在反思大屠杀幸存者的名著《被淹没的和被拯救的》中也把"特遣队"放置在人类的道德天平上,进行痛苦的称量。处于"灰色地带"的这群人,到底是受害者,还是共同的加害者?这是一个道德难题,我们也许永远无法得到公认的答案。但正如美国作家迈耶·莱文所言:"那些纳粹暴行的受害者留下了他们亲身经历的记录，虽然不完整，但却真实，他们用指甲在墙上刻下的只言片语，希望人们后来看到的不只是一串冰冷的统计数据，而是血淋淋的事实。我们有责任倾听他们的一切。"我们宁愿相信，经历了奥斯维辛而幸存的人，他们比死去的人承载了更多的痛苦。也许，他们是凶手的帮凶，甚至是凶手。但作为人类浩劫的见证者和记录者，他们用卑微的存活和内心的煎熬换来了一份应世代铭记的历史遗产。

我们希望和读者分享这份珍贵的历史记录，借以反思我们的历史和当代生活。因时间及水平有限，书中难免有不足之处，我们恳请读者诸君提出建议，以便再版时修正。

服务热线：133-6631-2326　188-1142-1266

读者信箱：reader@hidabook.com

后浪出版公司
2015 年 7 月

图书在版编目（CIP）数据

来自纳粹地狱的报告：奥斯维辛犹太医生纪述 /（匈）尼斯利著；刘建波译.
-- 北京：北京联合出版公司，2015.7（2020.11 重印）
ISBN 978-7-5502-5767-2

Ⅰ.①来… Ⅱ.①尼… ②刘… Ⅲ.①回忆录—匈牙利—现代 Ⅳ.① I515.55
中国版本图书馆 CIP 数据核字（2015）第 170807 号

Simplified Chinese edition
Copyright © 2015 POST WAVE PUBLISHING CONSULTING (Beijing) Co., Ltd.
本书中文简体版权归属于后浪出版咨询(北京)有限责任公司

来自纳粹地狱的报告：奥斯维辛犹太医生纪述

著　　者：[匈] 尼斯利　　　　　译　　者：刘建波
出 品 人：赵红仕　　　　　　　选题策划：后浪出版公司
出版统筹：吴兴元　　　　　　　策划编辑：张鹏
特约编辑：李婕婷　郝平　　　　责任编辑：王巍
封面设计：周伟伟　　　　　　　营销推广：ONEBOOK
装帧制造：墨白空间

北京联合出版公司出版
（北京市西城区德外大街 83 号楼 9 层　100088）
北京汇林印务有限公司印刷　新华书店经销
字数 154 千字　889×1194 毫米　1/32　8.5 印张　插页 2
2015 年 7 月第 1 版　2020 年 11 月第 5 次印刷
ISBN 978-7-5502-5767-2
定价：32.00 元

后浪出版咨询(北京)有限责任公司常年法律顾问：北京大成律师事务所　周天晖 copyright@hinabook.com
未经许可，不得以任何方式复制或抄袭本书部分或全部内容
版权所有，侵权必究
本书若有质量问题，请与本公司图书销售中心联系调换。电话：010-64010019